小木屋系列 经典插图版

梅溪岸边

On the Banks of Plum Creek

〔美〕劳拉·英格斯·怀德 著

高勤芳 译

人民文学出版社

PEOPLE'S LITERATURE PUBLISHING HOUSE

图书在版编目(CIP)数据

梅溪岸边/(美)劳拉·英格斯·怀德著；高勤芳译.
—北京：人民文学出版社，2016(2024.3重印)
　(小木屋系列：经典插图版)
　ISBN 978-7-02-011944-8

　Ⅰ.①梅…　Ⅱ.①劳…　②高…　Ⅲ.①儿童小说-长
篇小说-美国-现代　Ⅳ.①I712.84

中国版本图书馆 CIP 数据核字(2016)第 197270 号

责任编辑：李　娜　杨　芹
装帧设计：高静芳

出版发行　人民文学出版社
社　　址　北京市朝内大街 166 号
邮政编码　100705

印　　刷　山东临沂新华印刷物流集团有限责任公司
经　　销　全国新华书店等

开　　本　890 毫米×1240 毫米　1/32
印　　张　7.625
字　　数　186 千字
版　　次　2017 年 3 月北京第 1 版
印　　次　2024 年 3 月第 6 次印刷

书　　号　978-7-02-011944-8
定　　价　39.00 元

从科恩家到小木屋

五代拓荒女孩一览

小木屋开源一代

玛莎·摩尔斯
劳拉的曾外祖母
生于1782年

波士顿小木屋内的女孩

夏洛特·塔克
劳拉的外祖母
生于1809年

西部拓荒精神

卡罗琳·奎那
劳拉的母亲
生于1839年

美国拓荒女孩

劳拉·英格斯
生于1867年

新世纪的拓荒者

玫瑰·怀德
劳拉的女儿
生于1886年

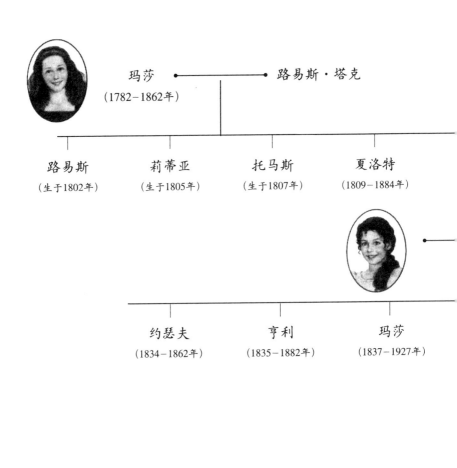

玛莎　●━━━━━━●　路易斯·塔克
（1782－1862年）

路易斯　　　　莉蒂亚　　　　托马斯　　　　夏洛特
（生于1802年）　（生于1805年）　（生于1807年）　（1809－1884年）

约瑟夫　　　　亨利　　　　玛莎
（1834－1862年）　（1835－1882年）　（1837－1927年）

玛丽　　　　　　　　劳拉
（1865－1928年）　　　（1867－1957年）

小木屋族谱

玛丽
（生于1813年）

亨利·奎那
（1807－1844年）

卡罗琳
（1839－1924年）

伊丽莎
（1842－1931年）

托马斯
（1844－1903年）

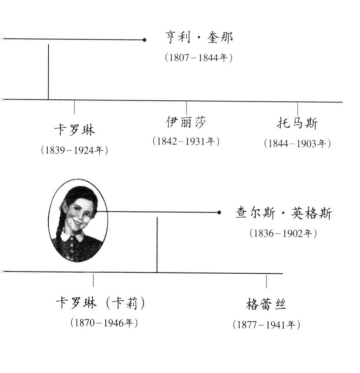

查尔斯·英格斯
（1836－1902年）

卡罗琳（卡莉）
（1870－1946年）

格蕾丝
（1877－1941年）

阿曼佐·怀德
（1857－1949年）

玫瑰
（1886－1968年）

目　录

地里有一扇门

　　模糊的车轮印停在了大草原上。爸爸勒住了马。

　　篷车轮子一停下，杰克就趴到了车轮间的阴凉处。它的肚皮挨着草地，两条前腿向前伸出去，鼻子搭在茂盛的草洞里。它浑身放松，只有耳朵还竖着。

　　许多天来，杰克一直跟在篷车下面小跑。从印第安保留区的小木屋出发，穿过堪萨斯州、密苏里州、爱荷华州，一路来到了明尼苏达州。它已经学会，只要车一停就立刻抓紧时间休息。

　　劳拉在篷车里跳了起来，玛丽也跟着跳起来。她们在车里坐了很久，腿都麻了。

　　"一定是这个地方！"爸爸说，"从尼尔森家出发，沿着小溪走上半英里就到了。我们已经走了半英里，瞧，小溪就在

那儿！"

劳拉没看见小溪。她只看见青草幽幽的河岸，对岸一排杨柳树随风摇曳着树梢。大草原上茂盛的草随风荡漾，泛起一波波涟漪，延伸到天际。

"那边像是个牛棚，"爸爸说着朝帆布顶的篷车周围张望，"可是房子在哪儿呢？"

马匹旁边站了一个陌生的男人，把劳拉吓了一大跳。刚才明明一个人也没有，怎么突然这个人就冒了出来。他长着一头浅黄色的头发，圆鼓鼓的脸蛋红得像印第安人，一双眼睛苍白无光，像长错了地方。杰克朝他吠叫起来。

"安静点儿，杰克！"爸爸说，然后他问那个人，"您是汉森先生吗？"

"是的。"那个人回答。

爸爸缓慢而响亮地说："我听说您要去西部。您准备卖了您的土地？"

那个人慢悠悠地打量着篷车，然后瞅了瞅佩特和帕蒂这两匹马。过了一会儿，他才开口："是的。"

爸爸从篷车上跳下去。妈妈说："姑娘们，你们可以下车啦，四处溜达溜达。一动不动坐久了，肯定累得慌。"

劳拉踩着车轴爬下去的时候，杰克站了起来。可是它没有得到爸爸的允许，只好待在篷车下面。它看着劳拉跑上了一条小路。

小路穿过沐浴着阳光的矮草丛，一直延伸到河岸边。再往下就是小溪。溪水在阳光里荡漾着阵阵涟漪，泛着粼粼的波光。

那一排杨柳就长在小溪的对岸。

小路在快到河岸的地方拐了一个弯，斜斜地蜿蜒下去，一直通到草岸下面。草岸高高挺立，像一堵墙似的。

劳拉小心翼翼地沿着小路走下去，草岸高过了她的个头，她看不见篷车了，只看见天空高高地悬在她的头顶，只听见溪水在下面喃喃细语。劳拉向下迈了一步，又迈了一步。小路尽头是一处开阔的平地，一级级台阶向下通到小溪。然后劳拉看见了那扇门。

那扇门笔直地竖立在草岸上，竖立在小路尽头。它像一间房屋的门，可是门背后的屋子却藏在了地里。门紧紧关着。

门前趴着两只凶神恶煞的大狗。它们看见劳拉，慢慢地站了起来。

劳拉吓得撒腿就跑，沿着小路一口气跑回到篷车旁，她才放下心来。玛丽正站在那里，劳拉悄悄对她说："地里有一扇门，还有两只狗……"她扭头一看，那两只狗正朝这边跑过来。

蹲在篷车底下的杰克发出了低沉的咆哮声。它朝那两只狗露出了锋利的牙齿。

"它们是您的狗？"爸爸问汉森先生。汉森先生转过身，对那两只狗嘀咕了几句劳拉听不懂的话。不过，那两只狗听懂了，一只跟在另一只身后，灰溜溜地朝河岸走去，渐渐不见了踪影。

爸爸和汉森先生慢慢地朝牛棚走去。牛棚很小，不是用木头搭的。墙上长满了草，棚顶上的草也长得郁郁葱葱，随风起舞。

劳拉和玛丽待在篷车旁，杰克也蹲在旁边。她们眺望着一

望无垠的大草原，青草随风摇曳，黄色的花朵频频点头。小鸟扑扇着翅膀飞入空中，忽而又落到草丛里。天空高高地拱起，两端搭在遥远的地平线上。

爸爸和汉森走回来了。她们听见爸爸说："好吧，汉森先生。我们明天去城里把手续办了。今晚我们一家就在这儿扎营。"

"好的，好的！"汉森先生回答。

爸爸把劳拉和玛丽抱上篷车，然后驾车继续往草原上走。他对妈妈说，他用佩特和帕蒂换来了汉森先生的土地，用骡子邦尼和车篷换来了汉森先生的庄稼和耕牛。

爸爸从马车上解下佩特和帕蒂，牵它们去溪边饮水，然后又把它们拴好，接着帮妈妈支起过夜的帐篷。劳拉安静地待着，也没有心思玩耍。一家人围着篝火吃晚饭时，她一点儿也不觉得饿。

"今晚我们最后一晚睡在外面，"爸爸说，"明天我们就有安身的地方了。卡罗琳，屋子就在河岸边。"

"哦，查尔斯！"妈妈说，"一个地洞吧，我们还从没住过地洞呢。"

"那个地洞很干净，"爸爸对妈妈说，"挪威人爱干净，而且冬天快来了，在里面过冬很暖和。"

"是啊，在下雪前安顿下来挺好的。"妈妈说。

"等我收割了第一茬小麦，"爸爸说，"我们就能建一栋漂亮的屋子，再买上两匹马，说不定还能买马车。卡罗琳，这里可是种麦子的好地方！土壤肥沃，地里找不到一棵树、一块石头。

我真搞不懂汉森为什么只种了这么一小块地。他种的麦子又瘪又轻，肯定是遇上了旱季，要么就是汉森不会种地。"

离篝火稍远的地方，佩特、帕蒂和邦尼正埋头吃草。它们扯咬着青草，发出清脆的声响，然后一边咀嚼一边眺望着黑漆漆夜幕上亮闪闪的星星。它们安详地摆动着尾巴，并不知道自己已经被卖掉了。

劳拉七岁，已经是个大姑娘了，不能再哭鼻子了。不过，她忍不住问："爸爸，你非得把佩特、帕蒂给他吗？爸爸，不给不行吗？"

爸爸把劳拉揽进温暖的怀里。

"怎么啦，小丫头？"爸爸说，"佩特和帕蒂喜欢旅行，它们是印第安小马驹。劳拉，耕地会把它们累坏的。去西部旅行它们会开心的。你不愿意把它们留在这里，耕地吃苦头吧。就让佩特和帕蒂去西部吧。我们有大公牛，能开垦出一大片土地，明年春天种小麦。"

"劳拉，小麦收成好的话，我们就能挣好多钱。然后我们就买马、买新衣服。你要什么就买什么。"

劳拉没有说话。她被爸爸搂着，心里舒服多了。可是，她宁愿什么也不要，只要佩特、帕蒂和长耳朵骡子邦尼。

地里的小屋

一大清早，爸爸帮汉森先生把套马栓和车篷安到了他的马车上。然后他们一起把家什从地洞里搬出来，移到岸上，打包装进安了车篷的马车上。

汉森先生提出帮爸爸把东西从马车上搬进地洞里，但是妈妈说："不用了，查尔斯，等你回来我们再搬吧！"

于是爸爸把佩特和帕蒂套在汉森先生的马车上，把邦尼拴在车后面，和汉森先生一起驾车进城去了。

劳拉望着佩特、帕蒂和邦尼越走越远，她的眼睛刺痛、喉咙哽咽。佩特和帕蒂奋拉着脖子，鬃毛和尾巴随风摇曳。它们一路跑得欢快，不知道再也不会回来了。

小溪两岸柳树成排，溪水喃喃自语。岸上的青草在微风的吹拂下弯下了腰。阳光普照，马车周围是一片辽阔宁静的野地。

她们先把杰克从马车轮子上解了下来。汉森先生的两条狗已经走了，杰克可以到处撒欢了。它高兴地在劳拉身边上蹿下跳，一会儿舔一舔她的脸蛋，一会儿又把她扑倒在地。随后它沿着小路一路小跑，劳拉也追着它跑。

妈妈抱起卡莉，说："来吧，玛丽，我们去看一看地洞。"

杰克第一个冲到了门口。门是开着的。它往里瞧了一瞧，然后耐心地等着劳拉。

门周围几枝青藤从草岸上蜿蜒下来，上面开满了牵牛花，有红的、蓝的、紫的、玫瑰粉的、白的、带斑纹的，一朵朵绽

放着，仿佛在唱一首清晨的赞歌。

劳拉从牵牛花下走进地洞。地洞里只有一个房间，里面全是白色的。平整的土墙刷成了白色，泥土地面又硬又平。

妈妈和玛丽站到门口，地洞里就变暗了。门边上有一扇糊了纸的小窗，可是土墙太厚了，阳光只照到了窗口。

外墙是用草皮做成的。汉森先生在地里挖出了这间屋子，然后从草原上割了一长条一长条的草皮，一块一块拼起来，铺成了外墙。草皮墙又厚实又漂亮，一丝缝隙都找不到，把寒冷狠狠地挡在了屋外。

妈妈高兴地说："屋子虽然小，但是很干净、很舒心。"接着她抬头看了一眼屋顶，叫道，"姑娘们，看啊！"

屋顶上铺着干草。柳条垒在屋顶上，枝杈编在一起，但是透过缝隙看得见铺在柳条上面的干草。

"真不赖！"妈妈说。

接着她们沿着小路走上了草岸，站到了屋子的房顶上。没人会瞧得出来，这是一个房顶。房顶上长满了草，和小溪岸边的草一样，正在风中摇曳。

"天哪！"妈妈说，"谁从这儿走过都不会知道下面是间屋子。"

不过，劳拉发现了一样东西。她弯下腰，伸手扒开草，大声叫道："我找到烟囱管了！看啊，玛丽！看啊！"

妈妈和玛丽都停下脚步来看，卡莉从妈妈怀里探出身来看，杰克也挤过来看。她们往烟囱管里一瞧，看见了草丛下刷成白色的房间。

　　她们一个劲地盯着瞧，直到妈妈说："我们赶在爸爸回来之前把屋子打扫干净。玛丽、劳拉，你们去把水桶拿来。"

　　玛丽拎了个大水桶，劳拉拎了个小水桶，又沿着小路走下去。杰克跑在她们前面，然后蹲在了门口。

　　妈妈在墙角找到了一把柳条做成的扫帚，她小心翼翼地刷起墙来。玛丽留在岸上照看卡莉，免得她掉进小溪里。劳拉拎着小水桶去打水。

　　她蹦蹦跳跳地沿着台阶走到了架在小溪上的小桥边。小桥其实只是一块大木板，另一端通到一棵柳树下。

　　高大的柳树在空中扬起细软的柳枝，周围成簇的小柳树茂盛地生长着，投下片片绿阴。小路穿过绿阴，通向一眼泉水。冰凉清冽的泉水流入一个小池塘里，然后涓涓细流汇入小溪里。

　　劳拉灌满小水桶，走回到洒满阳光的独木桥，踏上台阶。她来来回回几次，用小水桶打水，再把水倒进门里面摆在凳子上的大水桶里。

　　然后劳拉帮着妈妈把马车上她们能搬动的东西搬了下来。等爸爸沿着小路走回来的时候，她们几乎已经把所有东西都搬进了地洞。爸爸手里拿着一个小锡炉和两根烟囱管。

　　"哎哟！"爸爸一边放下东西一边说，"我很高兴拎着它们只走了三英里。卡罗琳，你想想看，镇上离这里只有三英里！走几步就到了。好啦，汉森往西部去了，这儿就是我们的了。卡罗琳，你喜欢这儿吗？"

　　"很喜欢！"妈妈回答，"不过我还没想好床该怎么铺，我不想直接铺在地上。"

"铺在地上怎么啦?"爸爸说,"我们一直都睡在地上的啊。"

"那不一样,"妈妈说,"住在房子里了,我就不喜欢睡在地上了。"

"好吧,那好办,"爸爸说,"我等会去砍一些柳条,把床铺在柳条上,今晚先凑合一下。明天我再找一些笔直的柳树干,做成床架子。"

爸爸拿起斧子,一边吹着口哨一边沿着小路经过房顶,走下斜坡,来到了小溪边。那里有一个小溪谷,近水的柳树长得分外茂盛。

劳拉追到爸爸身后。"爸爸,我来帮忙!"她气喘吁吁地说,"我也来搬柳条。"

"哦,行啊!"爸爸低头看着劳拉,眼睛炯炯有神,"干大事的时候有人帮助真是太好了!"

爸爸平日里总是说没有劳拉他什么也做不成。在印第安保留区,劳拉帮爸爸一起做了木屋的门。现在她又帮爸爸搬枝叶繁茂的柳条,铺在地洞里。接着,劳拉跟着爸爸去牛棚。

牛棚的四面墙都是用草皮做的,棚顶是柳条和干草搭的,上面还铺了草皮。棚顶很矮,爸爸一站直就碰到了头。棚里放着一个柳树干做的牛槽,旁边拴着两头牛。一头灰色的牛壮得很,顶着短短的牛角,一双眼睛很温和。另一头个头矮一点,牛角又尖又长,眼神也很凶狠。它浑身红棕色,亮亮的。

"你好,布莱特。"爸爸叫它。

"皮特,老伙计,你好吗?"爸爸一边问那头大牛,一边轻轻地拍它。

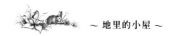

"劳拉，往后站，别挡路，"爸爸说，"我们得带它们出去遛遛了，它们要喝点水了。"

爸爸把绳子套在牛角上，牵着它们走出了牛棚。两头牛跟着爸爸慢悠悠地走下斜坡，走到一条平坦的小路上。小路穿过灌木丛一直延伸到小溪岸边。劳拉跟在他们后面慢悠悠地走。牛腿又粗又笨，牛蹄中间有条裂缝，牛鼻子又宽又大，湿答答的。

爸爸把牛拴回到牛槽时，劳拉待在了牛棚外。然后她和爸爸一起走回地洞。

"爸爸，"劳拉小声地问，"佩特和帕蒂真的想要去西部吗？"

"是啊，劳拉。"爸爸回答。

"哦，爸爸，"劳拉说，声音颤了颤，"我想，我不太喜欢牛。"

爸爸拉起劳拉的手，握在他宽大的手掌里，说："劳拉，我们得量力而行，不能乱发牢骚。一定要做的事情就该高高兴兴地做。过些日子，我们又会有马的。"

"什么时候呢，爸爸？"劳拉问。爸爸回答说："等我们种了第一茬小麦。"

接着他们走进了地洞。妈妈心情愉快，玛丽和卡莉已经梳洗完了。屋子里整整齐齐的。床已经铺在了柳条上，晚饭也准备好了。

吃完晚饭后，一家人坐在门前的小路上。爸爸和妈妈坐在箱子上，卡莉偎依在妈妈的膝头，打着瞌睡。玛丽和劳拉坐在硬实的路面上，脚悬在陡峭的路沿上。杰克转了三圈，最后头

顶着劳拉的膝盖趴了下来。

他们安安静静地坐着。梅溪和柳树近在眼前，远处的西边，草原的另一头，太阳正在缓缓落下。

最后，妈妈长长地叹了口气。"这里多么宁静、安详啊！"她说，"今天晚上不会听见狼嚎和印第安人的吼叫声了。这种安宁的感觉，我已经不知道有多久没有感受过了。"

爸爸缓缓地回答："是啊，我们很安全。这里不会有什么事的。"

天际线周围飘荡着柔和的色彩。薄暮中，柳树低吟，溪水喃喃自语。大地染上了一层深灰色，天空罩上了一层浅灰色，星星探出头来眨巴着亮闪闪的眼睛。

劳拉躺在床上，听溪水喃喃自语、柳树浅声低唱。她宁愿睡在屋外，就算听见狼嚎，也比睡在这个地下的安全的屋子里舒服。

灯芯草和鸢尾花

每天清早，玛丽和劳拉洗完碟子、铺好床、拖过地板之后，就可以出去玩了。

门框周围的牵牛花新鲜欲滴，攀附在青藤上绽放着生命的活力。梅溪两岸，小鸟在叽叽喳喳叫个不停。有时候一只鸟唱起歌来，但是大多数时候它们你一言我一句地说话。"叽叽，叽叽，叽！"一只鸟说。接着另一只说："喳喳，喳喳，喳喳。"还有一只笑起来："哈哈，哈哈，哈哈。"

劳拉和玛丽来到屋顶上，又往下走上爸爸带牛喝水时走的那条小路。

小溪岸边长着灯芯草和蓝色的鸢尾花。每天早晨，蓝色的鸢尾花都会冒出新芽。深蓝色的鸢尾花一簇簇的，在绿色的灌木丛里显得特别出挑。

每朵鸢尾花上，三片丝绒般的花瓣，微微卷曲下垂，像是女士镶边的裙子。另外三瓣卷边花瓣挺立着，拥簇在一起。劳拉往花瓣里瞧，看见三根细长的白色花蕊。每一根花蕊上都有一条金色的花丝。

有时会飞来一只胖嘟嘟的大黄蜂，浑身像是裹着黑丝绒、系着金带子，嗡嗡嗡地在花丛里飞来飞去。

平坦的溪岸是柔软潮湿的泥土。浅黄色、浅蓝色的小蝴蝶翩翩飞舞，时而飞入花丛中吸食花蜜。色彩鲜艳的蜻蜓扇动着晶莹的翅膀。泥巴从劳拉的脚趾缝里挤出来。她走过的地方、玛丽走过的地方，还有牛走过的地方，都留下了脚印，积成了小水坑。

她们蹚过水浅的地方，脚印就不见了踪影。起先一个漩涡像一股烟似的冒出来，然后清水很快把它淹没。接着脚印慢慢地消失了，脚趾头的痕迹被抹平了，然后脚后跟那里只剩下一个小洞。

水里有一些小鱼，小得几乎看不见。只有当它们飞快游动的时候，银白的肚子闪闪发光。劳拉和玛丽一动不动地站着，小鱼儿便成群结队地绕着她们的脚游来游去，轻轻地啃咬，让她们觉得脚上痒痒的。

水蟮在水面上滑行。它们长着细长的腿，轻轻地压在水面上。它们游得飞快，你还没来得及看清楚，它们就游到别的地方去了。

灯芯草在风里发出狂野的、寂寞的声音。它们不像小草那样柔柔的、平平的。它们长得硬邦邦的、圆鼓鼓的、滑溜溜的，一丛连着一丛。有一天，劳拉蹚过灯芯草旁的深水滩时，抓住了岸上的一棵灯芯草，想把自己拉上去。谁知，那棵灯芯草发出了吱吱的声响。

劳拉被吓了一大跳，屏住了呼吸。过了一会儿，她拉了拉另一棵灯芯草，也吱地响了一声，接着又响了一声。

灯芯草的茎是空心的，一节一节连在一起，被拉开的时候会发出吱的一声响，合拢的时候又会发出声响。

劳拉和玛丽把灯芯草一节节拉开，听吱吱吱的响声，然后把一节节小的空心茎串成项链，用大的做成长长的吸管，然后插进溪水里，吹泡泡玩。她们对着小鱼吹泡泡，吓唬它们。她们要是渴了，就用长长的吸管吸水喝。

玛丽和劳拉回家吃晚饭时，浑身都是泥浆，脖子上戴着绿色的项链，手里抓着长长的绿色吸管。妈妈看着她们的模样，忍不住笑了起来。她们带了一束蓝色鸢尾花送给妈妈，妈妈把花摆在餐桌上做点缀。

"我敢肯定，"妈妈说，"你们俩在小溪里玩了那么久，以后肯定会变成水蜻！"

爸爸和妈妈不担心她们在小溪里玩多久，只是不允许跑到上游那个小柳树谷的地方。小溪在那里转了一个弯，形成了一个深水潭。她们不许靠近那里，连看都不许看。

"哪天我会带你们去那儿的。"爸爸答应她们。一个星期天的下午，爸爸告诉她们今天他就要带她们去深水潭。

深水潭

　　劳拉和玛丽在地洞里脱下身上的所有衣服，然后套上了打了补丁的旧裙子。妈妈戴上了太阳帽，爸爸把卡莉抱在怀里，然后一家人出门去了。

　　他们走过牛经常走的那条小路，绕过灯芯草丛，穿过柳树谷和梅子林，然后从一块陡峭的、长满草的岸上走下去，穿过一块平地。平地上的草长得又高又粗。接着他们爬过一块几乎是垂直的高耸的土墙。土墙上不见一根草。

　　"爸爸，那是什么?"劳拉问。爸爸回答说："那是台地，劳拉。"

　　爸爸扒开茂盛高耸的草丛，让妈妈、玛丽和劳拉穿过去。突然眼前高高的草丛不见了，小溪跃入了眼帘。

　　溪水闪闪发亮，流过洁白的沙砾，汇入一弯宽阔的池水。

池水低矮的一侧弯曲成月牙形，上面长着矮矮的青草。池子的另一侧耸立着高高的柳树，柳叶迎风招展，绿莹莹、亮闪闪，倒映在平静的水面上。

妈妈和卡莉坐在草岸上，劳拉和玛丽抬脚蹚进潭水里。

"姑娘们，待在潭边！"妈妈嘱咐她们，"别往水深的地方去。"

水漫到了她们的裙子底下，裙摆浮在了水面上。白棉布做的衬裤也湿透了，粘在了腿上。劳拉越走越深，水位越来越高，几乎到了她的腰了。她蹲下去，水立刻漫到了她的下巴。

一切都是湿漉漉的、凉冰冰的、摇摇晃晃的。劳拉觉得自己的身体变轻了。她的脚轻得几乎要从溪底漂起来了。她向前一蹦一跳，胳膊拍打着水面。

"哦，劳拉，住手！"玛丽大叫。

"别走远，劳拉！"妈妈说。

劳拉没听，继续把水拍得四溅。她用力拍了一下，两只脚几乎提了起来，翘出了水面，她的胳膊乱动，头沉到了水里去。她吓坏了。没有什么能抓在手里，到处都是软绵绵的。然后她突然站直了，浑身滴水，但是两只脚稳稳地站住了。

没人看见这一幕。当时玛丽正在束裙子，妈妈正在陪卡莉玩。爸爸跑到了柳树林里，不见了踪影。劳拉快步往水里走，越走越深。水漫过她的腰，漫过她的胳膊。

突然，深水里有什么东西抓住了她的脚。

那个东西猛地一拉，她就被拽到了深水里。她透不过气来，眼前模糊一片。她伸手想抓，但是什么也抓不住。水灌进她的

耳朵里、眼睛里和嘴巴里。

接着她的脑袋冒出了水面，挨在爸爸的头边。原来是爸爸把她托了起来。

"好啦，我的小姐，"爸爸说，"你跑得太远了，感觉怎么样啊？"

劳拉说不出话来，因为她要狠狠地吸几口气。

"你听见妈妈叮嘱你们要待在岸边吧，"爸爸说，"那你为什么不听妈妈的话呢？你很想尝一尝水的滋味，我就让你尝了一尝。下次你就该听话了。"

"嗯，爸爸！"劳拉急急地说，"哦，爸爸，再来一遍吧！"

爸爸说："嗯，好——"爸爸响亮的笑声回荡在柳树林里。

"我拽你的时候，你怎么不叫呢？"爸爸问劳拉，"你不害怕吗？"

"我——我怕死了！"劳拉喘着气说，"但是再——再来一次吧！"接着她问爸爸："爸爸，你是怎么跑到水底下的？"

爸爸告诉她他是从柳树那里潜水过来的。但是他们不能一直待在深水里，还得回到岸边，找玛丽一起玩。

一整个下午，爸爸、劳拉和玛丽在水里玩得不亦乐乎。他们在水里四处转悠、打水仗。一旦劳拉和玛丽靠近深水区，爸爸就把她们拽到水里去。玛丽被拽进水里一次之后就再也不敢了。可是劳拉不老实，结果被拽了好几次。

做家务的时间到了，他们不得不回家了。一路上他们浑身滴着水，穿过高高的草丛。走到台地下时，劳拉想要爬上去。

爸爸先爬上去了一点，然后劳拉和玛丽拽着爸爸的手往上爬。干巴巴的泥土在她们脚底打滑。草根缠在一起，从凸起的

台地边沿悬挂下去。接着爸爸举起劳拉，把她放在了台地上。

台地真的像一张桌子，耸得高高的，比周围的草高出一大截。台地的顶部圆圆的、平平的，上面长着柔软、低矮的青草。

爸爸、劳拉和玛丽站在台地顶上，眺望草原和草原尽头的水潭。草原一直延伸到天边，尽收眼底。

然后他们从台地上滑下去，回到低地，走回家去。那天下午，他们度过了一段美妙的时光。

"下水确实好玩！"爸爸说，"但是姑娘们，你们要记住我说的话。我不在的时候，千万别去深水潭！"

奇怪的动物

第二天，劳拉一直在回想。她在想高高的柳树阴底下那池冰凉、深不见底的潭水。她在想自己千万不能靠近那里。

爸爸不在家。玛丽和妈妈在地洞里。劳拉一个人在灼热的太阳底下玩耍。萎靡不振的灯芯草丛里，鸢尾花正在枯萎。她走过柳树谷，在草丛里、在黑心金光菊和秋麒麟草丛中玩耍。阳光火辣辣的，连风也是热乎乎的。

劳拉想起了台地。她还想爬一次。她想她自个儿能不能爬上去。爸爸可没说她不能去台地玩。

她立刻从陡峭的堤岸上飞奔下去，走过低地，穿过又高又粗的草丛。台地高高地耸立在她面前，看起来很难爬上去。干燥的泥土在劳拉的脚底下打滑。她双手抓住草根，膝盖抵着泥墙，往上爬。她的裙子弄脏了，汗津津的皮肤上沾满了尘土，

痒痒的。最后她的肚子终于贴在了台地的边沿上，她身子一挺，打了个滚，来到了台地的顶上。

她蹦起来，在高高的台地顶上眺望柳树阴里的深水潭。那里多么凉爽、湿润，她想泡在水里。可是她记得自己不能去。

台地上空荡荡的，找不出好玩的东西。爸爸在的时候什么都好玩，但是现在这里就只是一块平坦的高地。劳拉想她该回家喝点水了。她实在渴死了。

她从台地的一侧滑下去，沿着来时的路慢悠悠地往回走。高高的草丛里，空气又闷又热。地洞还好远，但是劳拉真的渴极了。

劳拉记得清清楚楚，她不能去那个阴凉的深水潭那里，但是她突然一转身，飞快地往那里跑去。她想自己去看一眼，看一眼就能让自己觉得舒服些。然后她又想，自己只是在岸边玩一会儿水，绝对不会去水深的地方。

她走到爸爸踏出来的那条小路上，飞快地小跑起来。

就在路当中，一只动物站在了她跟前。

劳拉被吓得往后一跳，然后站着盯着它看。她从来没有见过这种动物。它的身体差不多和杰克一样长，但是四肢短得很。浑身竖着灰色的鬃毛，脑袋平平的，耳朵很小。它昂起扁平头，盯着劳拉。

劳拉也盯着看它的那张有趣的脸蛋。他们都站着相互盯着看的时候，那个动物突然伸开了四肢、缩短了头尾，平摊在了地上。它越变越扁，最后地上好像只剩下一张灰色的毛皮。它看上去不像是一只动物了，只有两只眼睛还朝上瞪着劳拉。

劳拉慢慢地、小心翼翼地弯下腰，捡起一根柳条棍。她立刻觉得不害怕了。她弯着腰，继续盯着那张灰色的皮毛。

那只动物一动不动，劳拉也一动不动。她在想，要是拿柳条棍戳一戳它会怎么样。也许它又会变成其他形状。于是她用短棍轻轻地戳了戳它。

突然它惊恐地咆哮了一声，眼冒怒火，锐利的白牙齿几乎咬到了劳拉的鼻子。

劳拉拼了命似的跑起来。她跑得飞快，一路飞奔回到地洞里。

"天哪，劳拉!"妈妈说，"这么热的天，你到处乱跑，你会中暑的!"

劳拉在外面玩耍的时候，玛丽一直像个小淑女，待在家里

拼写妈妈教她的单词。玛丽是个听话的小姑娘。

劳拉太调皮了，她自己也知道。她答应爸爸的事情却没有做到。不过没人看见，没人知道她去了深水潭。要是她不说，就没人知道。只有那只奇怪的动物知道，但是它是不会告密的。可是劳拉想来想去，还是觉得心里不舒服。

那天晚上，她躺在玛丽身边，怎么也睡不着。爸爸和妈妈坐在门外的星空下，爸爸在拉小提琴。

"劳拉，快点睡觉。"妈妈轻轻说。这时小提琴也在轻轻哼唱优美的曲子。夜空映衬出爸爸的身影，琴弓在闪闪的星光下翩翩起舞。

一切都那么优美、祥和，只有劳拉心里不安。她破坏了对爸爸的承诺。不守承诺就和说谎一样恶劣。劳拉真希望自己没有那么做。可是她已经做了。爸爸要是知道了，一定会惩罚她的。

爸爸还在星光下轻柔地拉着小提琴，琴声优美而欢畅。爸爸一定以为劳拉是个好姑娘。她终于再也忍不住了。

她溜下床，赤脚穿过冰凉的泥土地面。她裹着睡衣、戴着睡帽，来到了爸爸跟前。琴弓在琴弦上奏出最后一个音符。劳拉感觉到爸爸正冲她微笑。

"怎么啦，小丫头？"爸爸问劳拉，"你穿一身白色睡衣站在黑暗里，真像一个小幽灵。"

"爸爸，"劳拉小声说，声音有些发颤，"我——我差点儿去了深水潭。"

"真的吗？"爸爸惊讶地叫了一声。接着他问："好吧，那么

怎么又没去呢？"

"我不知道，"劳拉低声回答，"它长着灰色的毛，还——还平摊在地上，还会尖叫。"

"它有多大？"爸爸问。

劳拉一五一十地对爸爸讲了那只奇怪的动物。

爸爸说："一定是一只獾。"

有好一会儿，爸爸不说话，劳拉静静地等着。黑暗中，劳拉看不见爸爸的脸，她靠在爸爸的膝盖上，她能感觉到爸爸多么强壮、多么慈祥。

"好吧，"爸爸终于开口了，"我真不知道该怎么办，劳拉。你瞧，我那么信任你。但是对于一个你不信任的人，你就不知道该怎么办了。你知道别人是怎么对付他们不信任的人的？"

"怎——么？"劳拉声音颤抖起来。

"他们必须看着他，"爸爸说，"所以我想你也应该被看着。我要在尼尔森家干活，所以你妈妈会看着你。明天你哪儿也不能去，待在妈妈的眼皮底下。一整天都不能离开半步。如果你一整天都乖乖的，那么你就又是我们能信任的好姑娘了。"

"卡罗琳，你觉得呢？"爸爸问妈妈。

"很好，查尔斯，"黑暗里传出妈妈的声音，"明天我会看着她的，不过我相信她会乖乖的。现在该回到床上去了，劳拉，快点睡觉啦。"

第二天真是糟糕透顶了。

妈妈在缝衣服，劳拉只能待在地洞里。她连出去打水都不行，因为那样就离开了妈妈的视线。玛丽出去打水了，然后带

着卡莉在草原上散步。劳拉只能乖乖地待在屋里。

杰克把鼻子枕在爪子上，摇晃着尾巴，跳到屋外的小路上，又回头望着劳拉，晃动耳朵，好像在笑着招呼劳拉一起出去玩。只是它弄不明白劳拉为什么躲在里面不出来。

劳拉帮妈妈做家务，洗碟子、铺床、扫地、摆餐桌。午饭的时候，她坐在长凳上，埋着头，只吃妈妈放在她跟前的食物。吃完饭，她刷了碗，然后把一条中间破了洞的被单扯了下来。妈妈拿出几块棉布，钉在破洞的地方，然后劳拉一针一线地把棉布缝在了被单上。

她心里想着，针线活永远也做不完了，这样无聊的日子永远也不会结束了。

但是后来妈妈收拾起针线，准备晚饭的时间到了。

"劳拉，你今天是个听话的姑娘，"妈妈说，"我会告诉爸爸的。明天早上我们一起去找找那只獾。我敢肯定，是它救了你，否则你就淹死了，因为你肯定会去深水潭那里，一旦去了那里，你是肯定会下水的。一旦调皮起来，就会变本加厉，然后就会发生可怕的事情。"

"是的，妈妈。"劳拉说。她知道妈妈说得对。

这一天终于过去了。劳拉没看见日出，也没看见云朵在草原上投下的影子。牵牛花凋谢了，鸢尾花也枯萎了。她也没看见小溪里流淌着的溪水、在水里游来游去的小鱼和在水面上滑行的水蝽。她到这时明白了，做个乖小孩比被人看着要舒服多了。

第二天，她带着妈妈去找那只獾。在那条小路上，她指给

妈妈看獾变扁的地方。妈妈找到了獾的洞穴。那是草原岸边的一个圆圆的洞，上面覆盖着一簇青草。劳拉喊它，拿起棍子朝洞里戳。

即使獾在家，它也是不会出来的。劳拉以后再也没有见过那只灰色的獾了。

玫瑰花环

牛棚远处的草原上有一块灰色的大岩石，耸立在随风摇摆的青草和野花丛中。岩石顶上又平又滑，宽得能让劳拉和玛丽肩并肩站着，长得能让她们在上面赛跑。这真是个好玩的地方。

岩石上铺着灰绿色的皱巴巴的青苔。蚂蚁在上面游荡。时不时有一只蝴蝶停在上面歇息。劳拉看着蝴蝶丝绒般的翅膀慢慢地张开、合拢，仿佛蝴蝶是靠翅膀呼吸的。她还看见蝴蝶细小的脚趴在岩石上，触角轻轻颤动，甚至还看见了它没有眼皮的圆眼睛。

劳拉从来不抓蝴蝶。她知道蝴蝶的翅膀上覆盖着一层小的肉眼看不见的羽毛，轻轻一触就会掉，会把它弄伤。

太阳照在大灰岩上，总是暖烘烘的。草原上随风摇摆的青草总是沐浴在阳光里。阳光照在自由飞翔的小鸟和蝴蝶身上。

清风吹过洒满阳光的青草，带来温暖和清香。远处天地相接的地方，黑乎乎的小不点儿在草原上移动，是正在吃草的牛群。

劳拉和玛丽早上从来不去岩石上玩，太阳下山的时候也不去，因为早上和傍晚总有牛群经过。

牛成群结队经过，牛蹄四处践踏，牛角在空中摇晃。放牛娃约翰尼·约翰逊跟在后面。他长着一张圆圆的红脸蛋、圆圆的蓝眼睛、浅黄色的头发。他咧嘴笑，不说话。他说不出话来，劳拉和玛丽讲的话他都听不懂。

有一天傍晚，爸爸从小溪边喊劳拉和玛丽。他要去大岩石那儿看约翰尼赶牛群回家，劳拉和玛丽可以跟他一块儿去。

劳拉高兴地跳起来。她从来没这么近地看过牛群，有爸爸在身边她就不害怕了。玛丽慢慢地走过来，紧紧挨着爸爸。

牛群越走越近，叫声也越来越响。牛角高高耸起，身后扬起一层薄薄的金色尘土。

"牛群来了！"爸爸说，"快爬上去！"爸爸把玛丽和劳拉举到岩石上。她们就在那里望着牛群。

牛群浩浩荡荡地走过来，有红色的、棕色的、黑白相间的、斑点的。它们鼓着眼睛，舌头舔着扁平的鼻子，歪着头，好像要用锋利的牛角打一架。劳拉和玛丽站在高高的灰岩上很安全。爸爸靠在岩石上，看着牛群。

最后一头牛从他们前面经过时，劳拉和玛丽看见了一头小奶牛。她们从来没有见过这么漂亮的牛。

它是一头雪白的小奶牛，红色的耳朵，额头中央有一块红斑。白色的小牛角朝里弯，指着那块红斑。白色的身体一侧正

中央的地方有一块漂亮的红色圆斑，和一朵玫瑰一般大小。

连玛丽都兴奋得跳上蹦下。

"哦，看哪！哦，看哪！"劳拉大叫，"爸爸，看那头奶牛，它身上长着玫瑰花。"

爸爸笑了。他一边帮约翰尼把那头奶牛从牛群里赶出来，一边喊："过来，姑娘们！帮我把它赶到牛棚里！"

劳拉跳下岩石，跑去帮忙，一边问："为什么呀？爸爸，为什么呀？哦，爸爸，我们要养它吗？"

白色的小奶牛被关进牛棚后，爸爸回答："它是我们家的牛了！"

劳拉一听立刻转身，飞快地跑起来。她沿着小路飞奔下去，冲到地洞里，大声叫喊："哦，妈妈，妈妈！快来看那头奶牛！我们有奶牛了！哦，妈妈，是头最最漂亮的奶牛！"

妈妈抱起卡莉去看奶牛。

"查尔斯！"她说。

"这头奶牛是我们家的了，卡罗琳！"爸爸说，"喜欢吗？"

"可是，查尔斯，你从哪儿弄来的呢？"妈妈问。

"尼尔森家，"爸爸告诉妈妈，"我白天替他干活换来的。尼尔森要人帮他割草、收小麦。你瞧，它是头会产奶的小奶牛。卡罗琳，我们很快就有牛奶和黄油了！"

"哦，查尔斯！"妈妈说。

劳拉再也按捺不住了。她又转身飞快地跑起来，沿着小路往下飞奔进地洞，然后从餐桌上抓起锡皮杯，冲回到牛棚里。

爸爸把白色的小奶牛拴在它自个儿的畜栏里，挨着皮特和

布莱特。它安安静静地站着，嘴里咀嚼着。劳拉蹲在它身边，一只手小心翼翼地托着锡杯，另一只手抓住奶牛，按照爸爸挤奶的样子给小奶牛挤起奶来。一股热气腾腾的白色牛奶流进了锡皮杯里。

"天哪！那个孩子在干什么？"妈妈惊叫。

"我在挤奶，妈妈。"劳拉回答。

"别在那一侧挤！"妈妈急急忙忙说，"它会踢你的。"

可是温顺的小奶牛只是转过头，用温和的眼神看了看劳拉。它看上去有点惊讶，但没有踢劳拉。

"劳拉，挤牛奶要站在奶牛的右边。"妈妈说。"瞧这小丫头！谁教你挤奶的？"爸爸说。

谁也没教劳拉，她自己知道怎么挤，因为她看过爸爸挤奶。现在全家人都看着她。一股股牛奶流进锡杯里，嗞嗞作响，冒着白色的泡沫。泡沫慢慢往上升，溢到了杯口。

爸爸、妈妈、玛丽、劳拉，每人都喝了一大口热气腾腾的美味牛奶，剩下的让卡莉喝完了。一家人心里暖暖的，站着看那头漂亮的奶牛。

"它叫什么名字？"妈妈问。

爸爸哈哈大笑起来，说："它的名字叫花滑。"

"花滑？"妈妈念叨，"多古怪的名字啊？"

"尼尔森一家人给它起了个挪威人的名字，"爸爸说，"我问花滑是什么意思，他说花滑就是花滑。"

"那么到底是什么意思呢？"妈妈问爸爸。

"我也这么问尼尔森太太，"爸爸说，"她一个劲地回答花滑。我猜我看上去像个十足的傻瓜，后来她说就是玫瑰花滑。"

"花环！"劳拉叫起来，"玫瑰花环！"

一家人顿时哈哈大笑起来，笑弯了腰。爸爸说："真是叫人吃惊！在威斯康星州，我们周围是瑞典人和德国人。在印第安保留区，我们和印第安人住在一起。现在在明尼苏达州，我们的邻居是挪威人。他们也是好邻居。我猜，大概我们这个民族的人太少了。"

"好了，"妈妈说，"我们给它改了名字吧，不叫花滑，也不叫玫瑰花环，就叫它斑点吧！"

屋顶上的牛

现在劳拉和玛丽有活干了。每天清早,太阳还没升起,她们就要把斑点赶到大灰岩边,与牛群汇合,让约翰尼带着它和其他牛吃草。每天下午,她们还要记得到那里等待牛群,然后把斑点带回到牛棚里。

早上,她们从草丛里跑过,挂着露水的青草打湿了她们的脚丫和裙摆。她们喜欢光着脚丫在露珠点点的草地里奔跑,她们也喜欢看着太阳从天边升起。

起初一切都是灰蒙蒙、静悄悄的。天空是灰蒙蒙的,青草也是灰蒙蒙的,挂着露珠,光线也是暗淡的,风也屏住了呼吸。

接着东方的天空中划出一道绿色的光芒。这时天空中如果飘荡着一朵小小的云朵,那么云朵就变成了粉红色。劳拉和玛丽坐在又冷又湿的岩石上,抱着冰冷的双腿。她们把下巴枕在

膝盖上，凝望着天空。杰克蹲在下面的草丛里，也凝望着。可是她们从来没有看清楚天空是什么时候变成了粉红色的。

天空刚开始是浅粉色的，然后越变越深。粉红色向上移动，越变越亮、越来越深，像一团火焰一样熊熊燃烧，突然云朵变成了闪闪发亮的金色。在火焰般的色彩中央，在天地相接的地方，太阳露出了一丝银边，就像一簇白色的火苗。突然整个太阳就跳了出来，又圆又大，比平日里见到的太阳大得多。它光芒四射，四周似乎正要燃烧起来。

劳拉忍不住眨起了眼睛。就在她眨眼的一瞬间，天空突然变成了蓝色，金色的云朵消失了。太阳又和平时一样照耀在整个草原上，成千上万只鸟儿自由地飞来飞去，叽叽喳喳地歌唱。

傍晚牛群归圈的时候，劳拉和玛丽总是赶在牛群浩浩荡荡经过前，爬上大灰岩。

爸爸现在帮尼尔森先生干活，皮特和布莱特没事干，就跟着斑点和其他牛去吃草。劳拉不怕温顺洁白的斑点，但是皮特和布莱特个头那么大，谁见了都会害怕。

有一天傍晚，牛群发怒了。它们一边怒吼，一边用蹄子刨地，来到岩石边的时候就停住不肯往前走了。它们绕着岩石吼叫着、厮打着，鼓着大眼睛、扬着尖尖的牛角，相互攻击。蹄子踢起了满地的尘土，撞来撞去的牛角吓人极了。

玛丽被吓呆了，一动不敢动。劳拉也被吓呆了，她跳下了岩石，因为她知道必须把斑点、皮特和布莱特赶回到牛棚里。

牛群里尘土飞扬，它们号叫着、践踏着地面，挥舞着牛角。约翰尼帮着把皮特和布莱特还有斑点往牛棚赶。杰克也来帮忙。

它朝着它们汪汪叫，劳拉跟在后面吆喝。后来约翰尼挥舞着大木棍把牛群赶走了。

斑点第一个进了牛棚，随后布莱特也进去了。皮特正要进去，这时劳拉不怕了，但是突然皮特掉过头跑了出去。它的牛角像弯钩一样，尾巴竖得笔直，跟着牛群飞奔起来。

劳拉立刻冲到皮特跟前，挥舞胳膊，大声叫嚷。皮特也号叫起来，冲着溪边闪电般地跑过去。

劳拉拼了命似的想要再跑到皮特前面，但是她的腿太短了，不像皮特的腿那么长。杰克也飞快地跑过来，但结果皮特反而跑得更远了。

皮特正好跑到了地洞的顶上。劳拉看见它的一条后腿踩了下去，把屋顶踩穿了，然后一屁股坐在了屋顶上。大块头的皮特眼看着就要掉在妈妈和卡莉身上！这全是劳拉的错，因为她没有拦住它。

皮特猛地往上一提，拔出了腿。劳拉一直在跑，这时终于跑到了皮特面前，杰克也跟着来了。

他们把皮特赶进了牛棚，劳拉放下了栅栏。她浑身发抖，腿都软了，膝盖不停地打战。

妈妈抱着卡莉跑了上来。幸好地洞没有大碍，只是屋顶被皮特的脚戳了个洞。妈妈说她看见皮特的脚从屋顶上伸下来，吓了一大跳。

"不过没什么大的损失。"妈妈说。

妈妈用草把那个洞堵住了，又把掉进地洞的泥巴扫掉了。接着她和劳拉不由自主地笑了起来，因为她们住的屋子居然能

让一头牛踩在屋顶上，确实很滑稽。她们就像兔子一样。

第二天早晨，劳拉洗碗的时候看见一些黑漆漆的小东西从白色的墙上滚下来。原来是泥巴。她抬头看泥巴是从哪里掉里的，然后立刻跳开，比兔子还敏捷。一块大石头砸了下来，接着整个屋顶都塌了。

阳光照进屋里，空气里弥漫着灰尘。妈妈、玛丽和劳拉呛得直打喷嚏，她们抬头一看，原本是屋顶的地方现在是一角天空。卡莉坐在妈妈怀里也打着喷嚏。杰克跑了进来，看见头上的天空，汪汪地叫了起来。接着它也打起了喷嚏。

"好吧，有活干了。"妈妈说。

"妈妈，什么活？"劳拉问，她以为妈妈是说打扫灰尘的活儿。

"爸爸明天要修屋顶了。"妈妈回答。

接下来，她们把掉下来的石头、泥土和一捆捆的干草搬出地洞。妈妈用柳条扫帚扫了一遍又一遍。

那天晚上，他们住在屋里，在星空下入眠。这样的事情以前从来没有过。

第二天，爸爸待在家里做新屋顶。劳拉帮爸爸搬来新鲜的柳树条，然后把柳条递给爸爸搭屋顶。他们在柳条上铺了厚厚的青草，然后在青草上堆满泥土。最后，爸爸把从草原上割来的长条草皮盖在上面。

爸爸把屋顶铺好之后，劳拉帮着一起把它们踩实。

"这些草都不知道自己被挪了地方，"爸爸说，"过几天，你都找不出新屋顶在什么地方了。"

爸爸没有怪劳拉放跑了皮特，他只是说："我们的屋顶可不是大蛮牛撒欢的地方哦！"

麦　垛

爸爸帮尼尔森家收割完后，就付清了斑点的账，接着他就开始收割自己家的麦子了。爸爸把长长的镰刀磨得锋利无比，小姑娘们碰都不敢碰，然后他割下了牛棚远处那小块地里的麦子，捆成一束束的，堆成一垛。

接下来的每天早晨，爸爸都会去小溪对岸的平地上干活。他割下青草，摊在太阳底下晒，然后用木耙子垒成堆。爸爸把皮特和布莱特套在马车上，运回干草，堆成了六个大草堆。

到了晚上，爸爸疲劳得连拉小提琴的力气都没了。不过，他心里很高兴，因为干草堆好之后，就可以犁地种麦子了。

一天黎明，三个陌生人带着一台脱粒机来了。他们帮爸爸打麦粒。劳拉赶着斑点经过沾满露水的草丛时，听见了机器轰隆隆的响声。那时，太阳升了起来，金色的麦粒壳在风中飞舞。

　　早饭前，麦子打好了，三个人带着机器走了。爸爸说汉森要是多种点小麦就好了。

　　"不过，这些够我们做面粉的了，"他说，"这些麦秆和我割下的干草够牲畜们冬天吃的了。明年——"他接着说，"收割了另一茬小麦之后，我们就能添点东西了！"

　　那天早上，劳拉和玛丽去草原上玩耍时，第一眼就看见了金灿灿的麦垛。

　　高高的麦垛在阳光下闪闪发亮，闻起来比干草更甜。

　　劳拉顺着滑溜溜的麦垛往上爬，脚下不停地打滑，不过她爬的速度比麦秆往下掉的速度快，所以没多久她就爬上了高高的麦垛顶。

　　她极目远眺，看见了溪边的柳树和小溪尽头的平地。整个大草原也尽收眼底。她站在高高的空中，和小鸟一样高。她挥舞着胳膊，在柔软的麦垛上蹦蹦跳跳，像是在空中随风飞舞。

　　"我飞啦！我飞啦！"她向下对玛丽喊。玛丽也爬了上来。

　　"跳啊，跳啊！"劳拉叫喊着。她们手拉手一边跳一边转圈，越跳越高。风吹过，她们的裙子飘了起来，太阳帽也被吹下来，被系在脖子上的系带牵着打转。

　　"高一点，再高一点！"劳拉边唱边跳。突然她脚底下的麦秆松了，她从麦垛的一侧滑了下去，越滑越快。砰！她一屁股落在了地上。扑通！玛丽落在了她身上。

　　她们在噼啪响的麦垛里翻滚嬉戏，然后一会爬上去，一会又滑下来。她们从来没有这么开心过。

　　她们爬啊，滑啊，爬啊，滑啊，整个麦垛就这样被弄散了。

　　这时，她们突然想起来，爸爸辛辛苦苦堆起了麦垛，可是现在却散成了乱草。劳拉看了看玛丽，玛丽看了看劳拉，两人一起看了看残余的麦垛。玛丽说她要回地洞去了，劳拉也一声不吭地跟着她回去了。回到家里，她们乖乖地帮妈妈做家务、陪卡莉玩耍，直到爸爸回来吃午饭。

　　爸爸回来后盯着劳拉看，劳拉耷拉着脑袋盯着地板。

　　"你们俩不许再从麦垛上滑下来了，"爸爸说，"我又得停下手头的活，把麦垛重新堆起来！"

　　"我们再也不会了，爸爸！"劳拉诚恳地说。玛丽也附和着说："不会了，爸爸，我们保证。"

　　晚饭后，玛丽洗碗，劳拉把碗擦干。然后她们戴上太阳帽，沿着小路来到了草原上。阳光下，麦垛依然闪闪发光。

　　"劳拉，你要干什么？"玛丽问。

　　"什么也不干！"劳拉回答，"我连碰都没碰它。"

　　"你现在马上离开，不然我告诉妈妈去！"玛丽说。

　　"爸爸没说我不能闻一闻它的味道。"劳拉说。

　　劳拉站在金灿灿的麦垛旁，深深地吸了一口气。麦垛被太阳晒得暖烘烘的，闻起来比嚼着麦粒还要香。劳拉把脸蛋埋进麦垛里，闭上眼睛，深深、深深地呼吸。

　　"嗯！"她发出心满意足的声音。

　　玛丽也走过来，闻了闻："嗯——"

　　劳拉抬起头，金灿灿的麦垛闪闪发亮，有点刺眼。金色的麦垛上方是湛蓝的天空。劳拉再也忍不住了，她要爬到高高的蓝天里。

"劳拉!"玛丽叫,"爸爸不许的!"

劳拉只顾往上爬。"他没说,"劳拉反驳道,"他没说我们不能爬上去,他只是说我们不能滑下去。我只是爬上去。"

"你马上给我下来!"玛丽大声嚷嚷。

劳拉已经爬到了麦垛顶上。她看着下面的玛丽,像一个乖女孩似的说:"我不会滑下去的,爸爸不允许的。"

劳拉觉得只有蔚蓝的天空比自己高,风呼呼地刮着,绿色的草原宽广无边。劳拉张开双臂,跳了起来。脚下的麦垛把她弹得高高的。

"我飞喽,我飞喽!"劳拉叫喊着。玛丽也爬了上来,也开始弹跳起来。

　　她们跳啊跳啊，直到再也跳不动了。她们扑通一声躺在了暖和芳香的麦垛上。劳拉陷进了麦垛里，她滚到另一处，另一处也陷了下去，旁边却鼓了起来。于是她滚啊滚啊，越滚越快，停不下来了。

　　"劳拉！"玛丽尖叫，"爸爸说——"但是劳拉还在滚，不停地滚，滚出了麦垛边沿，砰的一声滚到了地上。

　　她连忙跳起来，又飞快地爬上了麦垛。她又扑通一声倒在麦垛上，开始打滚。"快来啊，玛丽！"劳拉大声喊，"爸爸没说我们不能打滚！"

　　玛丽站在麦垛上犹豫着："我知道爸爸没说不许我们打滚，但是——"

　　"那就行了呗！"劳拉又滚了下去。"快来！"她朝玛丽喊，"太好玩了！"

　　"那好吧，可是——"玛丽说着也滚了下去。

　　有趣极了！比滑下去好玩多了。她们爬上去、滚下来，又爬上去、滚下来，笑声一次比一次响亮。越来越多的麦秆跟着她们滚了下去。她们在麦秆堆里踩来踩去、滚来滚去，在麦垛上爬上、滚下，直到后来没有东西可爬了！

　　然后她们拍掉粘在裙子上的麦秆，拔掉插在头发里的麦秆，静悄悄地回家了。

　　那天晚上爸爸从干草地里回来时，玛丽正忙着摆晚餐桌，劳拉正在门背后玩纸娃娃的盒子。

　　"劳拉！"爸爸凶巴巴地说，"过来！"

　　劳拉慢腾腾地从门后走出来。

爸爸坐在椅子上，让她们并排站在他面前，但是爸爸只盯着劳拉看。

他严厉地说："你们俩又去滑麦垛了！"

"没有，爸爸。"劳拉回答。

"玛丽！"爸爸问，"你有没有从麦垛上滑下来？"

"没——没有，爸爸。"玛丽回答。

"劳拉！"爸爸提高了嗓门，"我再问一遍，你们有没有从麦垛上滑下来？"

"没有，爸爸！"劳拉再次这样回答，两只眼睛盯着爸爸。爸爸看起来十分震惊，她不知道是什么原因。

"劳拉！"爸爸又问。

"我们不是滑下来的，爸爸，"劳拉解释，"我们是滚下来的。"

爸爸突然站起来，走到门边，站着往屋外望。他的背在颤抖。劳拉和玛丽一下子不知所措。

爸爸转过身来的时候，他的脸色依旧很严厉，但是眼神温柔了许多。

"好了，劳拉，"爸爸说，"从现在开始，我希望你们俩离麦垛远一点。今年冬天，皮特、布莱特和斑点只有这些麦秆和干草吃，一根都不能丢了。你们不想它们挨饿吧？"

"哦，爸爸，当然不啦！"她们俩齐声回答。

"好，如果麦秆能够它们吃，就必须堆成麦垛。你们明白了吗？"

"明白了，爸爸！"劳拉和玛丽回答。

麦垛上的欢乐时光就这样结束了！

蝗虫天气

梅溪岸边野梅树林里的梅子熟了。梅树长得矮，一棵棵挨在一起，高低不一的树枝上结满了皮薄多汁的梅子。四周的空气也变得甜香醉人，昆虫嗡嗡飞舞。

爸爸把梅溪对岸地里的干草收割了，现在正在犁地。太阳还没升起来前，劳拉把斑点赶到大灰岩那里，与牛群汇合。爸爸把皮特和布莱特从牛棚里赶出来，给它们套上犁具，开始干活。

劳拉和玛丽洗完早餐的碗碟后，拿起锡皮桶，摘梅子去了。从房顶上走过时，她们看见爸爸正在犁地。牛拉着犁，爸爸推着犁，慢慢地沿着草原上的一个拐弯向前进。从远处看，他们显得十分小，一缕尘土从犁具下升起来。

每天，深褐色丝绒般犁过的地越来越广，最后把干草垛边

的那块金灿灿的麦茬地也吞没了，一直延伸到草原上。很快它就会变成一块宽阔的麦地，等到爸爸收割了麦子，他和妈妈还有劳拉、玛丽就能想买什么买什么了。

爸爸收获了小麦之后，他们就能住进房子里，买两匹马，天天还有糖果吃。

劳拉穿过高高的草丛，走到溪边的梅树林里。她的太阳帽挂在背上，锡皮桶在她手里晃来晃去。草已经变得金黄松脆。劳拉踩在草上发出沙沙的声响，吓跑了几十只小蝗虫。玛丽戴着太阳帽，跟在劳拉身后。

她们走到了梅树林，放下了手里的大锡皮桶，然后用小桶装满梅子，再倒进大桶里，直到把大桶装得满满的。她们拎着大锡皮桶走回到地洞屋顶上。干净的草地上，妈妈铺上了一张整洁的布，于是劳拉和玛丽把梅子摊在布上，让太阳把它们晒干。来年冬天，她们就有梅干吃了。

梅树林里的阴影稀稀拉拉的，阳光透过细叶子忽隐忽现。细长的枝条被沉甸甸的梅子压弯了，梅子从枝头掉下去，滚到了草丛深处。

有些梅子摔碎了，有些完好无损，还有些裂开了，露出金黄色的汁水。

蜜蜂、黄蜂挤在裂开的梅子上，大口大口地吮吸里面的梅汁，尾巴欢快地扭动着。它们吃得不亦乐乎，早把蜇人这件事忘了。劳拉拿起一片草叶戳了戳它们，结果它们只是挪了挪身体，继续吮吸美味的梅汁。

劳拉把完好无损的梅子放进锡皮桶里，用指甲轻轻掸掉挤在裂

口梅子上的黄蜂，飞快地把梅子丢进自己的嘴巴里。梅子真甜、真香、汁水真多啊！黄蜂惊慌失措，在劳拉身边嗡嗡嗡地飞来飞去，它们搞不懂美味的梅子怎么突然不见了。不过，一眨眼的工夫，它们又挤进了另一堆蜂群里，开始吸食另一只梅子。

"我敢肯定，你吃的梅子比摘的还多。"玛丽说。

"哪有这样的事，"劳拉反驳，"我吃的都是从地上捡来的。"

"你自己心里清楚，"玛丽气恼地说，"我干活的时候，你只顾着玩。"

不过，玛丽摘满了一桶的时候，劳拉的桶里也装满了。玛丽不高兴，是因为比起摘梅子，她宁愿待在家里缝衣服或者读书。但是劳拉不喜欢坐着不动，她喜欢摘梅子。

她喜欢摇晃梅子树，这里头可有窍门呢。如果太使劲，绿色的梅子就会掉下来，浪费掉了。如果摇得太轻，熟了的梅子就掉不下来，到了晚上才掉下来，摔到地上，也浪费掉了。

劳拉学会了怎样不重不轻地摇晃梅子树。她抓住鱼鳞状粗糙的树干轻快地一摇，树枝上的梅子就啪嗒啪嗒地往下掉，落在她周围。然后趁梅子还在摇晃的时候，再猛地一摇，最后所有成熟的梅子都会啪啪啪地掉下来。

梅子有各种各样不同的颜色。红得被摘掉了，黄色的也熟了，还有青色的。最后成熟的总是个头最大的，它们是霜冻梅，霜冻之后才会成熟。

一天早晨，整个世界银装素裹。每一片草叶都披上了银色的外衣，每一条小路也盖上了银色的毯子。劳拉光脚走在地上，反而火辣辣的像踩在了火上，留下黑色的脚印。寒冷的空气钻

进她的鼻子里，连呼出的气也都变成了冷气。斑点也是。太阳升起的时候，整个草原闪闪发光。草丛上闪烁着无数个小小的银色亮点。

那天，霜冻梅熟了。紫色的梅子个头大大的，外面裹着一层薄薄的银色外衣，像是白霜。

这个时候，阳光清冷，夜晚也变得十分寒冷。草原变成了和干草一样的黄褐色。空气的味道也变了，天空不再是蔚蓝色的了。

不过中午的阳光依然很温暖，雨水不见了，白霜也不见了。感恩节快到了，还没有下雪。

"我搞不懂这是怎么回事，"爸爸说，"我从来没见过这样的天气。尼尔森说，从前的人把这叫作蝗虫天气。"

"蝗虫天气是什么意思？"妈妈问。

爸爸摇摇头说："问我也没用。蝗虫天气是尼尔森说的，我也不知道是什么意思。"

"也许是挪威人的老话。"妈妈说。

劳拉喜欢这几字的发音。她沙沙沙地穿过草丛，看见跳来跳去的蝗虫时，就自顾自地唱起来："蝗虫天气，蝗虫天气！"

牛闯进了干草垛

夏天过去了，冬天来了，爸爸该进城了。住在明尼苏达州的这里，城市离得不远，爸爸一天就能来回，于是妈妈也跟着去了。

妈妈带上了卡莉，因为她太小了，离不开妈妈。不像玛丽和劳拉，已经是大姑娘了。玛丽快九岁了，劳拉快八岁了。爸爸妈妈不在家的时候，她们可以待在家里，照料家里的一切。

进城前，妈妈用劳拉小时候穿过的粉色印花棉布替卡莉做了一条新裙子，还用剩下的布给卡莉做了一顶粉色的小太阳帽。卡莉的头发被卷发纸绑了一个晚上。第二天，卡莉披着一头金黄色的鬈发。妈妈把粉色的太阳帽带子在卡莉下巴下打了一个结，卡莉看上去就像一朵漂亮的玫瑰。

妈妈穿上了有裙撑的衬裙和最漂亮的连衣裙，印花丝的裙子上点缀着小草莓的图案。很久以前住在大森林里时，妈妈就是穿着这条裙子去参加奶奶家的制糖舞会。

"好了，在家乖乖的，劳拉、玛丽。"妈妈最后叮嘱她们。然后妈妈坐上了牛车，卡莉挨在她身边。他们会在牛车上吃午饭。爸爸扬起鞭子，吆喝牛迈开步子。

"我们在太阳落山前会赶回来的。"爸爸向她们保证。"嘿——哟！"他对皮特和布莱特吆喝了一声。两只牛拉动牛轭，车移动了。

"再见，爸爸！再见，妈妈！再见，卡莉，再见！"劳拉和玛丽在牛车后喊。

牛车慢慢走远了。爸爸走在牛旁边。妈妈、卡莉、牛车，还有爸爸越来越小，最后消失在草原尽头。

草原突然变得空荡荡的，大得无边无际，可是她们不害怕。草原上没有狼，也没有印第安人，而且杰克就待在劳拉的脚边。它是一条忠诚的狗，它知道爸爸不在的时候它一定要照看好全家。

那天早晨，玛丽和劳拉在溪边的灯芯草丛里玩耍。她们没有走到深水潭附近，也没有去爬麦垛。中午，她们吃了玉米饼和糖蜜，吃了妈妈留给她们的牛奶。吃完后，她们洗干净锡皮杯并把杯子收好了。

然后，劳拉想去大岩石那里玩，可是玛丽只想待在地洞里。她说劳拉也必须待在家里。

"妈妈可以命令我，"劳拉说，"但是你不可以。"

"我可以，"玛丽说，"妈妈不在的时候，你就得听我的，因

为我比你大。"

"你得让着我，因为我比你小。"劳拉说。

"我会让着卡莉，可不会让着你，"玛丽说，"要是你不听我的，我就告诉妈妈。"

"我想我爱到哪儿玩，就可以到哪儿玩！"劳拉说。

玛丽想伸手抓住劳拉，但是她溜得太快了。她从屋里冲了出去，快跑上房顶的时候，发现杰克挡住了路。杰克一动不动地盯着对岸。劳拉一看，连忙大声尖叫起来："玛丽！"

牛群围住了爸爸堆的干草垛，还吃起了干草。牛角戳进了干草垛里，挑出了干草，还用蹄子踩在上面。

要是被它们吃光了，冬天皮特和布莱特就没东西吃了。

杰克知道该怎么做。它狂吠着一路沿着台阶跑到独木桥边。爸爸不在，她们一定要把牛群赶走！

"哦，怎么办！怎么办！"玛丽被吓得大叫。劳拉跟在杰克后面跑，玛丽跟在她后面跑。她们跃过了小溪，经过了泉水，跑上了草原，来到了凶猛巨大的牛群旁边。长长的牛角拱着干草，粗壮的牛腿践踏着地面，巨大的牛嘴发出号叫声，相互冲撞。

玛丽吓得动也不敢动，劳拉也吓坏了。她猛地拉了拉玛丽，因为她看见了一根木棍。劳拉捡起棍子，边跑边朝着牛群大喊大叫。杰克也跟着跑起来，汪汪地叫。一头红色的大奶牛用牛角顶杰克，可是杰克跳到了牛背后。奶牛气得哞哞乱叫，愤怒地奔跑起来。其他的牛也跟着它横冲直撞地奔跑。杰克、劳拉和玛丽跟在牛群后面追。

可是她们怎么也赶不走干草垛里的牛群。它们绕着干草垛跑来跑去，横冲直撞、嗷嗷直叫，把干草扯得到处都是，踩在脚底下。越来越多的干草从草垛上掉下来。劳拉挥舞着木棍，气喘吁吁，大声呼喊。她跑得越快，牛群也跑得越快。黑色的、棕色的、红色的、斑纹的、斑点的牛，又高又大，长着尖利的牛角，一刻不停地损坏干草。还有一些牛甚至想从摇摇欲坠的干草垛上爬过去。

劳拉浑身冒汗、头晕目眩。她的辫子散了，发丝飘进眼睛里，嗓子也喊疼了，但是她还是不停地喊着、跑着、挥舞着木棍。她不敢用木棍去打这些长着尖角的大牛。越来越多的干草掉下来，牛群践踏干草的速度也越来越快。

突然，劳拉转身朝后面跑，谁知正对着从干草堆绕过来的那头红色的大奶牛。

巨大的牛蹄、庞大的牛身、锐利的牛角朝劳拉飞快地奔过来。劳拉现在不能尖叫了。她猛地跳到奶牛跟前，挥舞木棍。奶牛想要停住脚步，但是其他牛跟在它后面，不让它停下。于是奶牛转头朝犁过的麦地跑去了，其他牛跟在它后面狂奔。

杰克、劳拉和玛丽追着牛群，离干草垛越来越远，一直把牛群赶到了草原上的深草丛里。

约翰尼从草丛里出来，揉了揉眼睛。原来他正躺在温暖的草洞里睡觉呢。

"约翰尼，约翰尼！"劳拉大声叫，"快醒醒！看住牛！"

"你最好把牛看好了！"玛丽警告他。

约翰尼看了看正在吃草的牛群，又看了看劳拉、玛丽和杰

克，不知道出了什么事。劳拉她们也没法告诉他，因为他只听得懂挪威语。

她们穿过高高的草丛往回走，瑟瑟发抖的脚总是被草缠住。能喝上泉水，然后回到安静的地洞里，坐下来休息，她们觉得心满意足了。

牛逃跑了

　　那一整个下午漫长而安静，她们待在了地洞里。牛群没有再回到干草垛旁。太阳慢慢地从西边的天空中落下。很快就到了到大岩石边等待牛群的时候了。劳拉、玛丽多希望爸爸妈妈快点回家来。

　　她们一次次跑上草岸，寻找牛车的踪影。最后她们和杰克一起坐在屋顶的草地上。太阳越落越低，杰克的耳朵越竖越直。杰克和劳拉时不时站起来，望一眼天际牛车消失的地方，虽然她们坐着也能看得见。

　　终于杰克的一只耳朵动了动，接着另一耳朵也动了动。然后它看了看劳拉，摇头摆尾起来。这时，牛车终于回来了！

　　她们都站了起来，看着牛车出现在草原上。劳拉看见了车上的妈妈和卡莉时，高兴地一蹦三跳，挥着太阳帽，大声喊：

"他们回来啦，他们回来啦！"

"车跑得可真快啊！"玛丽说。

劳拉安静下来了，听着车轮子骨碌骨碌滚动的声音。皮特和布莱特跑得飞快，像是在逃跑似的。

牛车砰砰砰地上下颠簸。劳拉看见妈妈坐在车厢的角落里，一手拉着车篷，一手抱着卡莉。爸爸在布莱特身旁迈着大步子，大声吆喝，拿鞭子拍打布莱特。

爸爸想勒住布莱特，不让它飞奔到溪边。

可是，爸爸没办法。魁梧的布莱特向前冲过去，离陡峭的岸边越来越近，把爸爸都拖过去了。眼看着牛带着车子要一齐翻下去了。车子、妈妈、卡莉都要翻下去，掉进小溪里。

爸爸大声呵斥了一声，使出浑身力气鞭打布莱特的脑袋。布莱特这才调转方向。劳拉尖叫着跑起来。杰克几乎跳到了布莱特的鼻子上。牛车载着妈妈和卡莉飞驰而过。布莱特冲着牛棚撞去，一切又失控了。

爸爸去追牛车，劳拉去追爸爸。

"停下，布莱特！停下，皮特！"爸爸喊。他抓住了车厢，看着妈妈。

"我们没事，查尔斯。"妈妈说。她已经吓得脸色发白，浑身颤抖。

皮特想从门里进牛棚，可是它和布莱特拴在一起，布莱特的头撞在了牛棚墙上。爸爸把妈妈和卡莉从车厢里抱出来。妈妈对卡莉说："别哭，卡莉。瞧，我们不是没事嘛！"

卡莉的粉色裙子前面被撕破了。她伏在妈妈的肩头抽泣着，

想听妈妈的话忍住不哭。

"哦，卡罗琳，我真担心你们会被摔到对岸去。"爸爸说。

"有一会儿我也这么以为，"妈妈说，"不过我知道有你在，就不会发生这样的事。"

"哼！"爸爸说，"多亏了老皮特，它没有乱跑。布莱特跑得太凶了，皮特只能跟着。它看见了牛棚，就想吃晚饭了。"

劳拉知道，要不是爸爸跑得快，还拼命敲打布莱特的头，妈妈和卡莉一定会和牛连同车厢一起掉进小溪里。她和玛丽围在妈妈身边，紧紧地抱着她说："哦，妈妈！你没事吧？"

"好啦，好啦！"妈妈说，"这不是没事嘛！好了，姑娘们，爸爸去关牛棚了，你们把包裹拎进来吧。"

她们把小包裹全部搬进了地洞，然后到大岩石那里等牛群。劳拉把斑点关进牛棚后，又挤了点奶，玛丽帮妈妈一起做晚饭。

吃晚饭的时候，她们告诉了爸爸妈妈牛群闯进了干草垛，她们又怎么把牛群赶跑了。爸爸夸她们做得对。"我们知道你们能照看好家里。是不是啊，卡罗琳？"

爸爸每次进城都会给她们带礼物，可是这会儿她们把这件事忘得一干二净。直到吃完晚饭，爸爸把凳子往后移，好像在期待什么似的。这时劳拉跳到爸爸腿上，玛丽坐到爸爸的另一条腿上。劳拉手舞足蹈地问："爸爸，你给我们带什么了？是什么好东西？是什么？"

"猜猜看！"爸爸说。

她们猜不出来。不过劳拉觉得爸爸的外套口袋里有东西在窸窸窣窣响，于是她往里一抓，拉出来一只纸袋，上面扎着漂

亮的红色、绿色细带子。袋子里装着两块糖果，玛丽一块，劳拉一块！

糖果的颜色和枫糖一样，一面是扁平的。

玛丽舔了舔她的那块糖果。劳拉直接咬了一口糖果棒，脆脆的糖衣就往下掉。糖果芯硬邦邦的、亮闪闪的，是深褐色的，尝起来酸酸甜甜，又有点苦。爸爸说这是苦薄荷糖。

洗完碗后，劳拉和玛丽各自拿着糖果，来到门外，在寒冷的黄昏里，坐在爸爸的膝头。妈妈坐在屋里，怀里抱着卡莉，一边哼着摇篮曲。

小溪在泛黄的柳树下喃喃私语。星星一颗挨着一颗挂在低垂的天幕上，在微风中轻轻地一抖一抖、一闪一闪。

劳拉蜷缩在爸爸的怀里，爸爸的胡须轻轻地扎着她的脸颊。美味的糖果在她的舌尖慢慢溶化。

过了一会儿，她说："爸爸？"

"怎么啦，小丫头？"爸爸下巴抵着她的头问。

"我觉得比起牛来，我更喜欢狼。"她说。

"牛比狼有用，劳拉。"爸爸说。

她想了一会儿，说："不过，我还是更喜欢狼。"

她不是在反驳，而只是说出心里的话。

"嗯，劳拉，我们很快就会有两匹好马了。"爸爸说。劳拉知道很快是多久，那就是等到他们收割了第一茬小麦之后。

圣诞节的马

蝗虫天气真的奇怪，到了感恩节还没有下雪。

他们吃感恩节晚餐时，地洞的门敞开着。劳拉看得到一片光秃秃的柳树枝头，和草原尽头太阳落山的地方。一片雪花也没有，草原像是一张黄色的柔软的皮毛。草原和天空相接的线条不再清晰，而是有些模糊。

"蝗虫天气。"劳拉自言自语。她想起了蝗虫折叠的长翅膀和细长的后腿。它们的脚也很细，会发出沙沙声。它们的头很硬，棱角处长着一对大眼睛，嘴巴细小，小口小口地咬东西吃。

你要是抓住了一只蝗虫，举着它，用一片草轻轻地戳它的下巴，它就会张嘴飞快地咬起来。很快一大片叶子就被它吃掉了，直到最后一点叶子也进了它的嘴巴不见了。

感恩节的晚餐很丰盛。爸爸专门打了一只野鹅。地洞里没有壁炉，小火炉里也没有烤箱，妈妈只好把它炖来吃。妈妈还往肉汤里下了面团，还做了玉米饼、土豆泥，还有黄油、牛奶、炖干梅肉。每个锡皮盘子边都放着三粒烤玉米。

第一个感恩节时，贫困的清教徒们没有东西吃，只有三粒烤玉米。随后印第安人来了，给他们送去了火鸡，所以清教徒们感谢他们的恩德。

吃完了丰盛美味的感恩节晚餐后，劳拉和玛丽就能边吃玉米粒边怀念清教徒了。烤玉米粒味道很好，而且吃起来噼里啪啦响，甜滋滋、香糯糯的。

感恩节就这样过去了，接着就盼望着圣诞节了。可还是没有下雪，雨也没下。天空灰蒙蒙的，草原也变得暗淡无光，风冷飕飕地刮着，从地洞顶上呼啸而过。

"地洞里温暖舒适，"妈妈说，"但我感觉像是一只被关起来冬眠的动物。"

"没关系，卡罗琳，"爸爸说，"明年我们就有好房子住了。"他的眼睛闪闪发亮，说话也像唱歌一样轻快。"还要买好马和马车！我带着你们去骑马，给你们买丝绸的衣服！你想想看，卡罗琳——这块土地多肥沃啊，一块石头、一个树桩都找不到，离铁路线只有三英里！我们种的麦子一颗不剩都卖得掉！"

爸爸将了将头发说："能有几匹马就好了！"

"好了，查尔斯，"妈妈说，"我们现在身体健康、安全舒适，也有了过冬的食物。我们感谢所拥有的一切吧！"

"我知道，"爸爸说，"可是犁地、收割，皮特和布莱特腿脚太慢了。"他赶着它们犁了那一大块地，但是没有马的话没法在

地里种上小麦。

劳拉终于等到机会说话了。"没有壁炉。"

"你在说什么呢?"妈妈问。

"圣诞老人。"劳拉回答。

劳拉和玛丽知道,如果没有烟囱管圣诞老人就没法从烟囱管里进来。一天,玛丽问妈妈圣诞老人怎么进屋的,妈妈没有回答,反而问:"你们俩想要什么圣诞礼物?"

妈妈那时正在熨衣服。熨衣板的一头架在饭桌上,另一头架在床上。为了架熨衣板,爸爸特意把床垫铺得高高的。卡莉在床上玩,劳拉和玛丽坐在桌子旁。玛丽在整理贴布,劳拉在为她破旧的玩具娃娃夏洛特做一条围裙。风从屋顶咆哮而过,火炉的烟囱呼啦啦响,可还是没有下雪。

劳拉说:"我想要糖果。"

"我也是。"玛丽说。卡莉哭着说:"糖糖!"

"还要一条新的棉布裙、一件外套和一顶风帽。"玛丽说。

"我也是,"劳拉说,"还要给夏洛特一条裙子,还要……"

妈妈从火炉里拿起熨斗,伸到她们面前,让她们摸摸温度。她们俩舔了舔手指,飞快地碰了碰熨斗发热平滑的底部。如果发出刺啦声,就说明熨斗够烫了。

"玛丽、劳拉,谢谢你们!"妈妈说完开始小心翼翼地熨烫爸爸衬衫上的补丁,"你们知道爸爸想要什么圣诞节礼物吗?"

她们不知道。

"他想要马,"妈妈说,"你们俩是不是也喜欢马?"

劳拉和玛丽相互看了一眼。

"我在想，"妈妈继续说，"如果我们都想要马，别的什么也不要，也许……"

劳拉觉得有点奇怪。马平时也有，不是圣诞老人送的礼物。如果爸爸有了马，又会把它们卖掉。劳拉搞不懂圣诞老人和马有什么关系。

"妈妈！"劳拉大声问，"真的有圣诞老人吗？"

"当然啦！"妈妈回答，一边把熨斗放回到火炉上加热。

"等你长大了，就会知道更多圣诞老人的故事。"妈妈说，"现在你已经很大了，知道圣诞老人不只是一个人，是不是？圣诞前夜，他无处不在。他在大森林里，在印第安人保留区里，在遥远的纽约州，也在这儿。他同时从许多人家的烟囱里钻下来。这些你都知道，是不是？"

"是的，妈妈。"玛丽和劳拉回答。

"嗯，"妈妈说，"那你们看——"

"我猜他就像个天使。"玛丽慢悠悠地说。劳拉也知道，玛丽知道的她也知道。

妈妈接着又告诉她们关于圣诞老人的另一个故事。圣诞老人无处不在，也无时不在。

任何一个不自私的人都是圣诞老人。

圣诞前夜，每个人都变得不自私。那天晚上，圣诞老人无处不在，是因为所有人在那时都不再自私，都希望别人过得幸福。圣诞节的早上，你就能看见神奇的结果了。

"如果每个人每天都希望别人过得幸福，那么不是每天都是圣诞节吗？"劳拉问。"是的，劳拉。"妈妈回答。

劳拉想了想，玛丽也想了想。她们俩互相看了一眼。她们知道妈妈希望她们做什么。妈妈希望她们别的什么也不要，只要爸爸想要的马。她们俩又对视了一眼，但很快就移开了目光，一句话也没说。就连平时很乖的玛丽也不说话了。

那天晚上吃过晚饭后，爸爸把劳拉和玛丽拉进他的怀抱里。劳拉抬头看着爸爸的脸，偎依着爸爸说："爸爸。"

"怎么啦，我的小甜心？"爸爸问。

劳拉回答说："爸爸，我想要圣诞老人……给我们……"

"给你们什么？"爸爸问。

"马，"劳拉回答，"如果你能让我们有时骑骑它们的话。"

"我也想要马。"玛丽说。可是劳拉抢在她前头。

爸爸很惊讶，他用温柔明亮的眼神看着她们俩。"你们俩真的想要马吗？"爸爸问她们。

"哦，是的，爸爸！"她们回答。

"这样的话，"爸爸笑着说，"我猜圣诞老人一定会送给我们两匹好马。"

事情就这样定了。她们别的圣诞礼物都不要，只要马。劳拉和玛丽安静地脱下衣服，换上睡衣，安静地扣上纽扣，系好睡帽，然后她们一起跪下来祈祷：

"现在我躺下安睡，祈求主守护我的灵魂。如果我在睡梦中死去，祈求主带走我的灵魂。请保佑爸爸、妈妈、卡莉和所有人，保佑我永远做一个好女孩。阿门。"

劳拉很快在心里加了一句："请保佑我为圣诞节的马感到快乐，永远快乐。阿门。"

　　她爬上床，立刻就开心起来。她想起了油亮光滑的马、随风飘扬的鬃毛和尾巴、抬脚时优雅的姿态、毛茸茸的鼻子吸气时的模样，还有左顾右盼的明亮温柔的眼睛。还有爸爸允许她骑在它们背上。

　　爸爸调好了小提琴，架在肩头。头顶上，风在漆黑的寒夜里孤寂地怒吼着，但是在地洞里，一切温暖舒适。

　　火星从火炉的壁缝里溅出来，落在妈妈的编织钢针上一亮一亮的，还差点溅在爸爸的眉毛上。琴弓的影子在跳舞，爸爸的脚轻轻和着节奏拍打地面。欢快的乐声盖住了孤寂的风声。

快乐的圣诞节

第二天早晨，空中飘起了雪花。雪粒在怒吼的狂风中跳跃旋转。

劳拉不能出门去玩。斑点、皮特和布莱特在牛棚里站了一整天，吃干草和麦秆。地洞里，爸爸在补靴子，妈妈又在读《米尔班克》的故事给他听。玛丽在缝衣服，劳拉在玩夏洛特。她想让卡莉抱住夏洛特，但是卡莉太小了，还不会玩纸娃娃，她会把它撕坏的。

那天下午，卡莉睡着后，妈妈叫来玛丽和劳拉。妈妈脸上的表情像是有秘密要告诉她们。她们俩把头凑到妈妈跟前，妈妈对她们说，她们可以做一条纽扣项链，送给卡莉当圣诞礼物。

于是她们爬上床，背对着卡莉，盘腿坐直。妈妈把纽扣盒放在她们面前。

盒子里放满了纽扣。妈妈比劳拉还小的时候就开始收集纽扣，还收藏着外婆小时候收集的纽扣。盒子里的纽扣五颜六色、各式各样：有蓝色的、红色的、银色的、金色的纽扣；有凹凸的雕刻着城堡、桥梁、树木的纽扣；有闪闪发亮的黑玉纽扣；有绘图的瓷纽扣；带条纹的纽扣；像多汁的黑莓一样的纽扣；还有一个小狗头形状的纽扣。劳拉看着这些纽扣，惊讶地叫了一声。

"嘘！"妈妈嘘了一声，不过卡莉没被吵醒。

妈妈把所有的纽扣都给了她们，让她们为卡莉做一条纽扣项链。

有事做了，劳拉就不介意待在地洞里了。屋外，狂风裹挟着积雪，从冰封的光秃地面上席卷而过。小溪也结冰了，柳树枝沙沙作响。屋里，她和玛丽有自己的秘密。

她们温柔地陪卡莉玩，她想要什么就给她什么。她们抱着她，唱歌给她听，又哄她睡觉。只要她一睡着，她们就可以做纽扣项链了。

玛丽拉着线的一头，劳拉拉着另一头。她们挑选出想要穿上去的纽扣，然后穿在线上，接着拉直了看看，又把一些拿掉，换上另一些。有时候，她们干脆把整串拆掉，重新再穿。她们要做一条世界上最漂亮的纽扣项链。

一天，妈妈告诉她们，明天就是圣诞节了。她们必须赶在当天把纽扣项链做好。

可是卡莉不肯睡觉。她乱跑乱叫，爬上凳子，又跳下来，蹦蹦跳跳，哼哼唱唱，一点儿也不觉得累。玛丽让她像个小淑

女那样安静地坐一会，可是她不乐意。劳拉让她抱着夏洛特，可是她拿着夏洛特甩来甩去，最后把它扔到了墙上。

后来妈妈抱起她，哼起了歌。劳拉和玛丽一动也不敢动。妈妈的歌声越来越轻，卡莉的眼睛眨啊眨啊，终于闭上了。妈妈慢慢地停下歌声时，卡莉突然睁开了眼睛，大声喊："还唱，妈妈！还唱！"

卡莉终于睡着了。劳拉和玛丽飞快地穿完纽扣项链。妈妈帮她们打好结，项链就做好了，一颗纽扣也不能换了。她们做了一条漂亮的纽扣项链。

那天晚上吃过了晚饭，妈妈趁卡莉熟睡时，把卡莉的一双干净的小长筒袜挂在了桌边。穿着睡衣的劳拉和玛丽把纽扣项链塞进了一只长筒袜里。

她们放好项链后，准备睡觉了。这时，爸爸问她们："你们俩不把长筒袜挂起来吗？"

"我以为，"劳拉说，"我以为圣诞老人要送马给我们呢。"

"也许是哦，"爸爸说，"但是圣诞前夜，小姑娘们不是都会把长筒袜挂起来的嘛？"

劳拉不知道这是怎么一回事，玛丽也搞不懂。妈妈从衣箱里拿出两只干净的长筒袜，爸爸帮忙把它们挂在了卡莉袜子的旁边。劳拉和玛丽祷告完就去睡觉了，心里还在猜爸爸要干什么。

早上，劳拉听见火苗噼里啪啦响的声音。她微微睁开一只眼睛，看见了火光里一只鼓鼓囊囊的圣诞节长筒袜。

她立刻大声叫起来，从床上跳下去。玛丽也跟着跳下床。

卡莉也醒了。劳拉的袜子里，还有玛丽的袜子里，都装着一个小纸包。纸包里裹着糖果。

劳拉的纸包里有六颗糖果，玛丽也有六颗。她们从来没有见过这么漂亮的糖果，漂亮得都让她们舍不得吃了。有的像丝带，波浪一样弯弯曲曲的；有的是圆圆的、短短的棍子糖，彩色的花朵图案从棍子的一头延伸到另一头；还有的是圆圈形状的和条纹状的。

卡莉的一只袜子里装着四颗一样漂亮的糖果，另一只里装着纽扣项链。卡莉看着她的礼物，惊讶地瞪大了眼睛，张大了嘴巴。然后她惊喜地尖叫着抓起她的礼物，又尖叫了一声。她坐到爸爸的腿上，看着手里的糖果和纽扣项链，高兴得手舞足蹈。

爸爸该去做杂活了，他对她们说："你们猜牛棚里会不会有给我们的礼物？"妈妈说："姑娘们，赶快穿上衣服，跟爸爸一起去牛棚，看看爸爸会发现什么。"

外面天寒地冻，她们要穿上长筒袜和鞋子。妈妈帮她们系好鞋带，围上围巾，她们就跑了出去。

外面一片灰蒙蒙的，只有东方的天际飘着一条红色的光带。墙壁上的枯草上和牛棚顶上都覆盖了一层雪。灰白色的雪在红光的照耀下，也变成了红色。爸爸站在牛棚门口等劳拉和玛丽。看到她们，他笑了起来，退后一步让她们先进去。

牛棚里，原来皮特和布莱特站的地方，有两匹马。

它们比佩特和帕蒂大，红棕色的毛又软又亮，像丝绸一样光洁。它们的鬃毛和尾巴是黑色的，眼神明亮而温和。它们把

毛茸茸的鼻子凑到劳拉跟前，轻轻地舔劳拉的手，热气也喷到了她手上。

"喜欢吗，小丫头！"爸爸说，"玛丽，你们俩喜欢今年的圣诞节吗？"

"非常喜欢，爸爸。"玛丽说。劳拉高兴得不知道该说什么了："哦，爸爸！"

爸爸的眼睛明亮地眨了眨，问："谁想骑着圣诞马，带它们去喝水呢？"

爸爸把玛丽抱上马，教她抓住马的鬃毛，不要害怕。这时，劳拉已经等不及了。接着爸爸用力一举，就把劳拉举到了马背上。劳拉坐在宽阔平稳的马背上，感觉到她要像马一样飞奔起来。

屋外，太阳照在雪和霜上，一切都闪闪发亮。爸爸走在前面，牵着马，拿着斧子敲开小溪上的冰层，让马喝水。马儿仰起头，深深吸气，然后鼻子里呼出冷气，毛茸茸的耳朵朝前朝后地颤动。

劳拉抓着马的鬃毛，脚夹住马的身体，开心地笑起来。在这一个灰蒙蒙、寒冷的圣诞节早晨，爸爸、马儿、玛丽和劳拉心里愉快极了。

春　汛

　　半夜，劳拉在床上坐起来。她从来没有听过像门外的那种咆哮声。

　　"爸爸，爸爸，是什么声音？"她叫着问。

　　"像是溪水的声音。"爸爸说着从床上跳下来，打开门，咆哮声冲进了黑漆漆的地洞里。劳拉被吓了一跳。

　　她听见爸爸大声说："哎呀！在下暴雨！"

　　妈妈说了句什么，劳拉没听清。

　　"什么也看不清！"爸爸叫着，"黑漆漆一大片！别担心，溪水不会漫得这么高，会从对面的低岸泄下去。"

　　爸爸关上门，咆哮声变低了。

　　"去睡觉吧，劳拉。"爸爸说。可是劳拉躺在床上，睡不着，聆听门口轰隆隆的雷声。

等到劳拉再睁开眼睛时，看见窗户灰蒙蒙的。爸爸不见了，妈妈在做早饭，溪水还在咆哮。

劳拉飞快地跳下床，打开门。呼的一下子，冰冷的雨点迎面朝她扑来，让她无法呼吸。她跳出门，跳进从头顶浇下来的雨水里。她的脚边，溪水奔涌、澎湃。

前面的小路被水淹没了。愤怒的溪水汹涌澎湃，越过了以前通向独木桥的台阶。溪水淹没了柳树丛，树冠的枝条在黄色的泡沫中打旋。咆哮的溪水声灌进劳拉的耳朵里，她听不到雨声了。她感觉到雨水打在她湿透的睡衣上，打在她的脑袋上，可她只听得见溪水的怒吼。

迅猛、湍急的溪水让人既害怕又着迷。它尖叫着、冒着气泡，穿过柳树的树冠，打着旋儿涌上草原。在小溪上游转弯的地方，溪水涨得越来越高，泡沫也越来越多。急流不停地变化，但一直那么迅猛可怕。

突然，妈妈一把把劳拉拉进了地洞，问："你没听见我叫你吗？"

"没听见，妈妈。"劳拉说。

"嗯，好了，"妈妈说，"就当你没听见吧。"

水从劳拉身上滴下来，在她光秃秃的脚丫周围积了一个小水坑。妈妈脱去她湿透的睡衣，拿毛巾用力地擦干她身上的水。

"快穿上衣服，"妈妈说，"不然你会感冒的。"

但是劳拉浑身暖洋洋的，她感觉到从来没有这样生龙活虎过。玛丽说："你让我吃了一惊，劳拉。我才不会跑到雨里，浑身被淋透了。"

"哦，玛丽，你真该去看看小溪！"劳拉大声说，接着她问妈妈："妈妈，吃完早饭我还能再出去看看小溪吗？"

"不行，"妈妈说，"下雨的时候不能出去。"

她们吃早饭的时候，雨停了，太阳出来了。爸爸说让劳拉和玛丽跟他去看看小溪。

屋外的空气清新湿润，散发出春天的气息。蔚蓝的天空中飘着大片的云朵。湿润的泥土上，雪化了。站在高高的草岸边，劳拉依然听得见小溪的咆哮声。

"这样的天气真是奇怪，"爸爸说，"我从来没见过这样的天气。"

"现在还是蝗虫天吗？"劳拉问爸爸，可是爸爸回答不上来。

他们沿着高高的草岸往前走，望着四周奇怪的景象。泛着泡沫的咆哮的溪水改变了一切。梅树林成了泡在水里的小树丛，冒着白色的泡沫。台地变成了一座小圆岛。水从宽阔隆起的河里流出来，平滑地流到小圆岛周围，然后又流回到河里。原来的游泳潭那里，高耸的柳树变成了插在湖里的矮柳树丛了。

远处，爸爸犁过的那块地黝黑、湿润。爸爸看着那块地，说："过不了多久，我就能种上小麦了。"

独木桥

第二天，劳拉肯定妈妈是不会允许她去小溪边玩的。溪水还在咆哮，不过声音柔和了许多。劳拉在地洞里似乎觉得小溪在召唤她，于是她没跟妈妈交代，就悄悄地溜出门去了。

水位没那么高了，水已经退下了台阶，劳拉看见溪水冲刷着独木桥，冒着泡沫。一部分木板露出了水面。

一整个冬天，小溪都覆盖着冰层，悄无声息，纹丝不动。现在，溪水潺潺流动着，发出欢快的声音。溪水冲到木板上时溅起白色的泡沫，沙啦啦地响。

劳拉脱下鞋子和长筒袜，把它们放在最下面的一级台阶上。然后她走上独木桥，站着看欢闹的溪水。

水珠溅在她的光脚丫上，水波从她的脚边流过。她把一只脚伸进旋转的泡沫里，然后坐在独木桥上，把两只脚都插进了

水里。溪水冲刷着她的双腿，她用力地蹬。真是太有趣了！

她浑身都湿透了，可是她还想把整个人都浸在水里。她趴在独木桥上，两只胳膊攀住木板，插进了飞奔的溪流里。但她还嫌不够，她想真的泡在咆哮的、欢声笑语的溪水里。于是她两只手抱住木板，整个身体滑进了水里。

就在那一刻，她意识到，小溪不是在和她闹着玩。溪水湍急、迅猛，拽住她的整个身子，拉到了桥底下，只露出一个头和一根死死抱住木板的胳膊。

前面的溪水把她往前拉，后面的溪水把她往前推，想要把她的头也拉到桥底下。她的下巴抵住了木板的边沿，一只胳膊

牢牢地拉住木板，身体的其余部分被溪水冲刷着。溪水真的不是在和她闹着玩。

没人知道她在那里。就算她喊救命，也没人会听见。溪水咆哮着，越来越猛地拽住她。她用力蹬腿，但是溪水比她的腿有力。她两只手抱在木板上，用力撑，可是溪水往下拉的力量更大。溪水把她的后脑勺拉到了桥底，好像要把她撕成两半。水冰冷刺骨，她的整个身体也变得冰冷。

溪水不像狼和牛，它不是活的。溪水强大、吓人，永不停息。它会把她拽进水里，把她卷走，像卷走一根柳树枝。它才不管她的死活。

劳拉的腿疲惫极了，她的胳膊也麻木了，感觉不到木板的存在了。

“我一定要爬上去，一定。”她想。溪水在她耳边咆哮，她双脚用力一蹬，胳膊用力一撑，整个人就趴在了木板上。

她的脸和肚子全贴在结实的木板上，她趴在上面，大口地喘气，心想还好木板挺结实的。

她撑起身体，感觉头很晕，于是她爬着离开独木桥。她拿起鞋子和长筒袜，慢慢地爬上泥泞的台阶。到了地洞门口，她停住了，她不知道该怎么跟妈妈说。

过了一会儿，她走了进去。刚走进去，她就一动不动地站住了，水从她身上往下滴。妈妈在缝衣服。

“你去哪里了，劳拉？”妈妈抬起头问她。随后妈妈飞快地走到劳拉身旁，惊讶地叫道：“我的天哪！转过来，快！”妈妈解开劳拉背后的扣子。“出什么事了？你掉进小溪了？”

"没有，妈妈，"劳拉说，"我——我自己进去的。"

妈妈一边听劳拉解释，一边继续帮劳拉脱衣服，用毛巾擦干她身上的水。劳拉把来龙去脉都说了一遍后，妈妈也没有说一句话。劳拉的牙齿在打战，妈妈用毯子把她裹住，让她坐在火炉旁。

终于妈妈说话了："嗯，劳拉，你太调皮了，我想你自己都很清楚了。可是我不能惩罚你，也不能骂你，因为你险些被淹死。"

劳拉一句话也没说。

"没有爸爸和我的允许，你不准再去小溪边了。等水退了再说。"妈妈说。

"好的，妈妈。"劳拉回答。

溪水会退下去的，小溪又会变回温和的、好玩的地方。可是没人能命令小溪把水退下去，没人能命令它做任何事情。劳拉现在知道有比人更加强大的东西。但是小溪没有要了她的命。小溪没有把她吓得喊救命，也没有让她哭。

漂亮的新家

溪水退下去了。天气也突然变暖和了，每天一大早爸爸带着圣诞马山姆和大卫去麦地里干活。

"我说，"妈妈说，"你是不是要在地里种出金子来，把自己活活累死！"

爸爸说因为雪下得不够多，地里很干，一定要把地犁得深一点，整得松一点，然后撒上小麦。每天太阳还没升起，他就下地了，一直干到天黑。劳拉总是在夜色里等着，听到山姆和大卫蹚水的声音，她就立刻跑进地洞，拿起灯笼，飞快地跑到牛棚里，给爸爸打灯，这样爸爸就能看得清给马喂草吃了。

爸爸累坏了，很少笑，也很少说话。他吃过晚饭就上床了。

终于小麦种好了。爸爸又接着种上了燕麦，还整出一块马铃薯地和小菜园。妈妈、玛丽和劳拉帮着种马铃薯，在菜园里

撒上小种子。她们也让卡莉搭把手。

整个世界又因为小草而变成了绿色，黄绿色的柳叶也伸展出来了。草原上的坑里紫罗兰和金凤花长得茂密，酢浆草的三瓣叶子和薰衣草的花瓣吃起来酸酸的、很美味。只有麦地还是光秃秃、灰黑一片。

有一天傍晚，爸爸指给劳拉看褐色的麦地里长出了一片绿莹莹的薄雾一样的东西。麦子发芽了！每一棵麦芽都很细小，几乎看不见，但是许许多多的麦芽挨在一起，就给麦地蒙上了一层绿色。那天晚上全家人都很高兴，因为小麦发芽是个好兆头。

第二天，爸爸驾车进城。山姆和大卫进城来回只要一个下午。她们没来得及想念爸爸，甚至没去盼他回来，他就回家来了。劳拉第一个听见了马车的声音，第一个跑上了草岸。

爸爸坐在车座上，脸上洋溢着愉快的笑容，身后的车厢里木材堆得高高的。他高兴地叫道："你的新房子来了，卡罗琳！"

"可是，查尔斯！"妈妈吃了一惊。劳拉跑过去，踩着轮子爬到了木板上。她从来没见过这样光滑、笔直、结实的木板。木板是用机器锯的。

"可是小麦还没长成呢！"妈妈说。

"没关系，"爸爸说，"他们先让我把木板拉回来，等我们卖了麦子再结账。"

劳拉问爸爸："我们要用木板盖屋子吗？"

"是的，小丫头，"爸爸说，"我们要盖一所全是木板的房子，还要装上玻璃窗。"

爸爸说得没错。第二天早上，尼尔森先生来帮爸爸盖屋子。他们开始给房子挖地基。一家人就快要有一栋漂亮的屋子了，因为小麦已经长起来了。

劳拉和玛丽几乎坐不住了，她们不乐意待在地洞里做家务。可是妈妈让她们必须把家务做完再出去。

"我不能让你们养成马马虎虎做事的习惯。"妈妈说。于是她们把每一个餐盘洗干净，收好，然后把被子叠整齐，用柳条扫帚扫完地，放回到原处。做完这些，她们才可以出门。

她们跑下台阶，走过独木桥，钻过柳树，跑上草原，穿过草丛，来到了一个绿油油的小山丘上。爸爸和尼尔森先生正在那里盖新房子。

她们饶有兴趣地看着爸爸和尼尔森先生搭好房子的骨架。崭新的木材竖得笔直，木材之间的天空蔚蓝蔚蓝的。锤子发出欢快的声响，刨子从清香的木材上刨出又长又卷的刨花。

劳拉和玛丽把小刨花挂在耳朵上当耳环，戴在脖子上当项链。劳拉把长的刨花塞到头发里，像是垂下了金色的发卷。她一直希望自己的头发是金色的。

爸爸和尼尔森先生在房梁上锤啊锯啊。小木块掉在地上，劳拉和玛丽把木块堆成堆，盖起了她们自己的小房子。她们从来没像现在这样高兴。

爸爸和尼尔森先生把斜板钉在屋架上。他们把买来的屋顶板铺在屋顶上。买来的屋顶板很薄，但是大小一样，比爸爸用斧头砍出来的精细多了。做出来的屋顶平整、紧实，连一条缝隙都找不到。

接着，爸爸在地上铺上了一层光滑的木板，边沿用凹槽嵌在一起，十分结实。爸爸又在头顶上方铺了另一层木板，既是二楼的地板又是一楼的天花板。

爸爸在一楼竖了一块隔板，一楼就有了两个房间！一间是卧室，另一间是起居室。爸爸在起居室里装了两扇透明的玻璃窗。一扇朝东，另一扇在门边朝南。卧室里也安了两扇窗，也是玻璃做的。

劳拉从没见过这么漂亮的窗户。窗户分成两半，每一半都有六格玻璃。下面的半块可以往上推，用棍子抵住可以撑起来。

前门对面的地方，爸爸安了一扇后门。后门外又盖了一个小房间。小房间的屋顶是单坡的，搭在大屋子上。小房间用来抵挡冬天的北风，也可以让妈妈放扫帚、拖把和洗衣盆。

现在尼尔森先生回去了，劳拉一个劲地问问题。爸爸说妈妈、卡莉和爸爸睡卧室，玛丽和劳拉睡阁楼，也可以在里面玩。劳拉很想去看一看阁楼，于是爸爸停下手里的活，先在墙上钉木板条，做通往阁楼的楼梯。

劳拉飞快地爬上楼梯，头从阁楼地板上的洞里钻出来。阁楼有一楼两间房间那么大。地上铺着光滑的木板。倾斜的屋顶是用全新的黄色的屋顶板做的。阁楼的两头还装着两扇小窗，小窗也是玻璃做的！

一开始，玛丽不敢爬上楼梯走进阁楼。后来，她上去了，又不敢从洞口爬下楼梯。劳拉其实也怕，只是她假装自己不怕。很快，她们俩就习惯上下楼梯了。

她们以为屋子这样就盖好了。但是爸爸还在屋子的外墙上钉上了黑色的沥青纸，又在沥青纸上钉了许多木板。长长的光滑的木板一块搭着一块，盖满了屋子的四面墙壁。在窗户和门口，爸爸钉上了平板框架。

"这栋房子结实得像一面鼓！"爸爸说。屋顶上、墙壁上、地板上找不到一条裂缝，雨和冷风都钻不进来。

然后爸爸安上了门，门也是买来的，比斧子劈出来的厚板门光滑，也薄得多。门的上下都嵌上了比门还要薄的嵌板。铰链也是买来的，门一开一关奇妙极了。它们不像木铰链会发出嘎吱嘎吱的声音，也不像皮铰链那样难开关。

爸爸在门上安了买来的锁。钥匙插进小小的孔里一转，会发出咔嗒一声。锁把是白色陶瓷的。

一天，爸爸对她们说："劳拉、玛丽，你们能保守秘密吗？"

"哦，当然啦，爸爸！"她们回答。

"保证不告诉妈妈？"爸爸问。她们俩保证。

爸爸打开了小房间的门，里面摆着一台黑黝黝的烤炉。烤炉是爸爸从城里买回来的，藏在小屋里，准备给妈妈一个惊喜。

烤炉顶部有四个圆洞，盖着四个圆盖子。每个盖子上都有一个凹陷的孔，可以让铁把手伸进去把盖子掀起来。烤炉前门有一扇长长的、低低的门。门上有一道狭长的口子，一块铁片在口子上可以推来推去，把口子关上或者打开。这道口子就是通风口。它的下面伸出一个椭圆形的盘子，是用来接灰的，防止炭灰掉在地板上。盘子上盖着一个铁盖子，上面凸起一排字。

玛丽指着这排字读起来："PAT，1—7—7—0。"她问爸爸：

"那个怎么念呢，爸爸？"

"P—A—T。"爸爸说。

劳拉打开了烤炉一侧的一扇大一点的门，往里头瞧。里面四四方方的，还有一个架子支在中间。"噢，爸爸，这是干吗用的？"她问。

"这是烤箱。"爸爸说。

爸爸抬起漂亮的烤炉，把它放到了起居室，然后竖起了烟囱管。烟囱管一节连一节，穿过天花板、阁楼，从屋顶的一个洞里通出去。接着爸爸爬到屋顶上，在烟囱管上盖了一块大锡皮。锡皮盖住了屋顶上的洞，这样雨水就不会沿着烟囱管滴到新房子里了。

就这样，草原上冒出了一根烟囱管。

"好了，完工了，"爸爸说，"烟囱管也完成了。"

屋子里该有的都有了。玻璃窗让屋子里十分明亮,你都感觉不到是在屋里。黄色的木板墙和地板散发出松树的清香味。烤炉气派地站在小屋门边的角落里。轻轻一拧白瓷门把手,门就随着铰链移动,门把手上的锁舌咔嚓一响,门就关上了。

"明天早上我们就搬进来,"爸爸说,"今晚是我们睡在地洞的最后一晚。"

劳拉和玛丽拉着爸爸的手,从草丘上走下去。草原边麦地里绿色的麦苗像丝绸一样随风荡漾。麦地的边沿笔直,棱角分明,周围到处是野草。野草看起来比麦苗更粗、更绿。劳拉回头望了一眼漂亮的房子。它耸立在草丘上,在阳光的照耀下,木板墙和屋顶像干草垛一样金光灿灿。

搬　家

　　阳光明媚的早晨，妈妈和劳拉把所有东西从地洞里搬到草岸上，装上马车。劳拉几乎不敢看爸爸，因为他们心里都装着那个给妈妈的神秘惊喜。

　　妈妈没有起疑心。她把旧的小火炉里的烟灰倒出来，好让爸爸搬走炉子。她问爸爸："你没忘了多买些烟囱管吧？"

　　"没忘，卡罗琳。"爸爸回答。劳拉忍住没笑出声，但是她咳嗽了几声。

　　"天哪，劳拉，"妈妈说，"青蛙钻到你喉咙里啦？"

　　山姆和大卫拉起马车，蹚过水，走上草原，走到了新房子前。妈妈、玛丽和劳拉抱着家什，卡莉摇摇摆摆地走在她们前面，走过独木桥，走上青草覆盖的小路上。草丘上，装着屋顶板的木头小屋闪耀着金光。爸爸跳下马车，等着妈妈一起去看

烤炉。

妈妈走进新屋，立刻停住了。她惊讶得嘴巴张得老大，几乎说不出话来："我的天哪！"

劳拉和玛丽高兴得手舞足蹈，连什么也不知道的卡莉也跳啊蹦啊。

"这是送给你的，妈妈！你的新烤炉！"她们叫起来，"里面还有一个烤箱！有四个盖子，还有一个小把手！"玛丽说："上面还有字，我能读出来，帕—特，帕特。"

"哦，查尔斯，你不该买的！"妈妈说。

爸爸抱起妈妈说："别担心，卡罗琳！"

"我不是担心，查尔斯，"妈妈说，"刚盖了新房子，装了玻璃窗，又买了烤炉——花得太多了。"

"一个烤炉不算什么，"爸爸说，"也别担心花销。看看玻璃窗外的那片小麦地吧。"

劳拉和玛丽拉着妈妈去看烤炉。劳拉教妈妈怎么掀开盖子，玛丽教妈妈怎么给烤炉通风。妈妈只管盯着烤炉看个不停。

"天哪！"妈妈说，"我不知道舍不舍得用这样漂亮的大烤炉做饭了。"

不过，妈妈还是用那个漂亮的大烤炉做起了饭。玛丽和劳拉在明亮通风的屋子里摆放餐桌。玻璃窗开着，风吹进来，阳光从门口和窗口照进来。

在这样一个宽敞、明亮、通风的屋子里吃饭真是一种享受。吃完饭，他们坐在桌旁，欣赏这一切。

"这才像一个家。"爸爸说。

　　然后他们装上了窗帘。玻璃窗是一定要挂窗帘的。窗帘是妈妈用旧床单做的，浆洗过的布白得像雪一样。妈妈用漂亮的印花棉布做了窗帘的花边。大房间里的窗帘花边是用卡莉的粉色小裙子做的，那条裙子在上次牛乱跑时撕破了。卧室里的窗帘花边是用玛丽的蓝色旧裙子做的。这两条裙子用的粉色、蓝色印花棉布还是很久以前住在大森林里时，爸爸从城里买回来的。

　　爸爸钉钉子固定窗帘绳时，妈妈拿出了她保存的两张长长的棕色包装纸。她把纸折起来，教玛丽和劳拉怎么用剪刀剪下小图案。她们剪完后，打开纸，发现上面出现了一排排小星星。

　　妈妈把纸铺在烤炉旁边的架子上。星星就从架子边沿垂下来，在阳光下闪闪发光。

　　窗帘挂好后，妈妈在卧室的一个角落里挂上了两块雪白的床单，做成了一个爸爸妈妈挂衣服的地方。妈妈又在阁楼里支起另一张床单，让玛丽和劳拉把她们的衣服挂在后面。

　　妈妈做完这一切，整个屋子变得更漂亮了。洁白的窗帘挂在透明玻璃窗的两旁，阳光透过粉色花边的洁白窗帘照进屋子里。屋子由房架子撑着，干净的木墙板散发出松树的清香味，一架楼梯直通到阁楼上。烤炉和烟囱管黑亮黑亮的，角落里是挂着星星的架子。

　　妈妈在桌上铺上一块红色格子图案的桌布，摆上了一盏一尘不染的台灯。她又放上了一本纸封皮的《圣经》、一本绿色的大开本《动物世界奇观》和一本小说《米尔班克》。桌子旁整齐地摆着两条凳子。

　　最后，爸爸把置物架挂在前窗旁边的墙壁上，妈妈摆上了

陶瓷的牧羊女小雕像。

棕色的置物架是爸爸很久以前送给妈妈的圣诞节礼物，上面雕刻着星星、藤蔓和花朵。还有那个微笑着的牧羊女小瓷像也是爸爸送给妈妈的礼物，牧羊女金头发、蓝眼睛、粉脸颊，束着金色蕾丝花边的紧身上衣，系着围裙，穿着小鞋子。她一路跟着他们从大森林来到印第安保留区，再到明尼苏达州的梅溪边。现在她就站在架子上微笑。她完好无损，一点划痕都没有，还是像刚买时一样新，一样优雅地微笑着。

那天晚上，玛丽和劳拉爬上楼梯，睡在属于她们的那间宽敞、通风的阁楼里。阁楼里没有挂窗帘，因为旧床单用完了。不过她们俩都有两个箱子，一个用来坐，另一个用来放宝贝。夏洛特和纸娃娃们住在劳拉的箱子里，玛丽的贴布和剪贴簿放在她自己的箱子里。帘幕后面是她们私密的地方，在那里换衣服、挂衣服。阁楼唯一的缺陷就是杰克爬不上楼梯。

劳拉立刻上床了。一整天，她在屋子里跑进跑出，在楼梯上爬上爬下，累得慌。可是她睡不着。新屋子安静极了，她想念以前睡在地洞里时哗啦啦的溪水声。四周静悄悄的，让她睡不着。

最后一种声音让她睁开了眼睛。她仔细听着。那个声音听起来就像无数只小脚在头顶上奔跑，又像成千上万只小动物在房顶上蹦蹦跳跳。到底是什么声音呢？

哦，原来是雨滴的声音！劳拉很久没有听见雨滴拍打屋顶的声音了，她都快把它忘了。住在地洞里时，她听不见雨声，因为屋顶上积了厚厚一层泥土和草皮。

她愉快地听着屋顶上雨滴噼里啪啦的声响，慢慢地沉入梦乡。

老螃蟹和蚂蟥

　　早上劳拉跳下床，光脚落在了光滑的木地板上。她闻着木板散发出的松树香。她的头顶上是亮黄色的倾斜的屋顶板和支撑屋顶的椽子。

　　从东边的窗户里，劳拉望见了从草丘延伸下去的小路和淡绿色、丝绸般的麦地一角，以及麦地一头灰绿色的燕麦。再远处是绿色大草原的边缘，一条银色的光芒挂在上方。柳树林立的小溪和地洞似乎是很久很久以前的事了。

　　突然，温暖金色的阳光洒在她的睡衣上。干净的黄色木地板上也洒满了从窗户格子里照进来的阳光，窗棂的阴影也印在地板上。劳拉戴着睡帽的脑袋和她的辫子，还有她抬起手时张开的手指头，都投下了重重的黑影。

　　楼下，漂亮的新烤炉上盖子在叮当作响。妈妈的声音从楼

梯口的洞里传来："玛丽、劳拉，该起床了，姑娘们！"

新屋子里的一天就是这样开始的。

可是当她们在宽敞、通风的屋子里吃早饭的时候，劳拉想起了小溪。她问爸爸能不能到小溪那里玩。

"不行，劳拉，"爸爸说，"我不想让你再到小溪那里玩，那里有很多又黑又深的洞。不过等你干完活，你和玛丽可以沿着尼尔森干活路上踏出来的小路玩耍，看看你们会不会发现什么。"

她们急忙去干活。在小屋子里，她们找到了一把买来的扫帚！这栋屋子里似乎有无穷无尽的惊喜。这把扫帚有一根又长又直的杆，把手圆圆的，十分光滑。扫帚毛是无数根又细又硬、黄绿色的鬃毛做的。妈妈说鬃毛其实是扫帚草。扫帚草被从根部直接割下来，顶部弯曲，成了厚实、平整的扫帚毛，然后用红线把扫帚毛扎牢。这把扫帚和爸爸用柳条做的圆圆的扫帚很不一样，精致得让人不敢用它扫地。扫帚轻轻掠过光滑的地面，像是一把神奇的扫帚。

劳拉和玛丽迫不及待地想跑到小路上。她们手脚麻利，放好扫帚就跑了出去。劳拉急匆匆的，没走几步就开始跑起来。她的太阳帽滑到脑后，挂在脖子上，她光秃秃的脚丫在长着草的小路上飞奔，一路跑下草丘，穿过一块平地，爬上一个矮坡。小溪出现在了眼前！

劳拉大吃一惊。小溪变成了另一个样子，阳光下溪水在青草蔓延的堤岸间宁静地流淌着。

小路在一棵大柳树底下到了尽头。一座独木桥架在水面上，

通向一片阳光明媚的平整的草地。桥的那一侧，小路继续向前蜿蜒，直到在一座小山脚下打了一个弯，不见了。

劳拉想，也许小路一直延伸下去，越过阳光明媚的草地，穿过和缓的小溪，绕过矮矮的小山，去欣赏其他地方的风景。她知道小路一定会通到尼尔森先生的家里，但是小路并不在那里停住脚步，它会一直向前延伸。

溪水从梅树林里流出来。狭窄的小溪两侧长满了茂盛、低矮的梅树丛，枝条几乎触到了水里，在水面上投下黑影。

过了梅树林，小溪渐渐变宽变浅，水面上荡漾着涟漪，沙粒、小石子清晰可见。溪水从狭窄的独木桥下穿过，发出汩汩的声音，最后汇入一个大池塘里。池水平静明亮得像一面镜子，池塘边长着一丛柳树。

劳拉等到玛丽来了才下水。她们俩蹚进浅浅的水里，踩着亮闪闪的石子和鹅卵石。成群的小鲦鱼绕着她们的脚指头游来游去，趁她们站稳不动的时候就轻轻地咬她们的脚。突然劳拉看见水里有一个怪东西。

这个怪东西和劳拉的脚差不多大，身体是褐绿色的、滑溜溜的，前面长着两条长长的手臂，手臂末端是又大又平的钳子。身体的两侧长着短脚，扁平的腹部张开着，就像一条强壮的尾巴。两根触角疯狂舞动，突出的眼睛又圆又大。

"那是什么？"玛丽吓得惊叫。

劳拉也不敢靠近它。她弯下腰仔细地盯着它看，突然它不见了。它飞快地向后游，游得比水蜢还快。它躲到了一处扁平的石头下，一股泥水打着旋从里面涌出来。

过了一会儿，它伸出一只爪子，钳了一下，然后探出脑袋张望。

劳拉朝它走过去，它立刻缩回到石头底下。当劳拉朝着它躲藏的石头泼水时，它跑了出来，张开爪子，想要夹住劳拉的脚趾头。劳拉和玛丽吓得尖叫着跑开了。

她们用一根长棍子戳它。它伸出钳子把棍子夹成了两半。她们又拿了一根更粗的棍子，它的钳子便夹住了棍子不放，劳拉把它拎出了水面。它愤怒地瞪大了眼睛，腹部蜷缩在身体下面，另一只钳子咔嚓咔嚓响。接着，它松开钳子，掉进水里，又飞快地躲回到石头下。

她们朝石头泼水，它就出来，挥舞着爪子准备战斗。每次，她们都被它可怕的爪子吓得跑开了。

她们在大柳树树阴下的独木桥上坐了一会，听潺潺的溪水声，看波光粼粼的水面。然后她们又下水，一直蹚到了梅树林里。

玛丽不想在梅树林下的浑水里玩。那里的河底都是烂泥，她不喜欢把脚踩进烂泥里。于是她坐在岸边，看着劳拉走到树丛里。

那里的溪水很平静，落叶漂浮在水面上。泥巴挤进劳拉的脚趾缝里，溪水顿时变得模糊一片，看不清河底。空气里也弥漫着腐烂的味道。于是劳拉转身，走回到水波清澈、阳光明媚的地方。

她的腿上和脚上都粘上了泥巴，她把清水往泥巴上泼，可是泥巴怎么也洗不掉，甚至用手都刮不下来。

它们和泥巴一样颜色，和泥巴一样软绵绵的，可是却牢牢地吸住了劳拉的皮肤。

劳拉尖叫起来，站在原地尖叫："哦，玛丽，玛丽！快来啊！快点！"

玛丽走了过来，可是她不敢碰那些可怕的东西。她说它们是虫子，虫子让她感到恶心。劳拉觉得更恶心，但是看着这些东西吸在她身上比碰它们更恶心，于是她抓住一只，指甲掐住它，把它往外拉。

那个东西被她越拉越长，可还是吸住不放。

"哦，别拉，别拉！你快把它拉成两截了！"玛丽说。劳拉继续拉，把它拉得更长了，最后它终于掉了。劳拉腿上那个东西吸附的地方流出了一滴滴血。

劳拉一个接一个把那些东西全拉下来了，每个地方都流出了几滴血。

劳拉没有心情继续玩了。她在清水里洗干净手和脚后，和玛丽一起回家了。

晚饭的时候，爸爸已经回家了。劳拉告诉爸爸，她在小溪里碰到了一些泥巴一样东西，它们不长眼睛，不长头和脚，却吸在了她的身上。

妈妈说那是水蛭，医生把它们放在病人身上治病用的。爸爸说它们也叫蚂蟥，住在黑暗的泥里和静止不动的水里。

"我不喜欢它们。"劳拉说。

"那就别去泥里，小丫头，"爸爸说，"不想找麻烦就不要自己去惹麻烦。"

妈妈说："好了，你们俩没时间再去小溪玩了。现在我们安顿好了，离城里只有两英里半，你们该去上学了。"

劳拉一声不吭，玛丽也说不出话来。她们俩看着对方，心想："上学？"

捕鱼笼

劳拉听说学校的事情越多，就越不想上学。她不知道自己离开了小溪每天该怎么度过。她问妈妈："哦，妈妈，我非得去上学吗？"

妈妈说一个好姑娘八岁了就该读书，而不是成天在梅溪边疯跑。

"可是我会读书啊，妈妈，"劳拉恳求道，"别让我去学校了。我会读书，我读给你听。"

她拿来《米尔班克》那本书，翻开书页，抬起头焦急地看了一眼妈妈，然后读了起来："米尔班克的门和窗都关上了，门把手上的黑纱飘了起来——"

"哦，劳拉，"妈妈说，"你不是在读，你只是在背我常读给你爸爸听的字句。而且除了读书之外，你还要学习其他东

西——认字、写字和算术。别再多说了，星期一早晨你和玛丽一起去上学。"

玛丽正坐着在做针线。她看上去像是个想上学的好姑娘。

单坡顶小屋外爸爸正在锤什么东西。劳拉一下子蹦过去，差点被爸爸的锤子砸到。

"哟！"爸爸惊叫，"差点砸到你。我早该预料到的，小丫头，你总是冷不丁地蹿出来。"

"哦，爸爸，你在做什么？"劳拉问。他正在把盖房子剩余的细长木条钉在一起。

"做捕鱼笼，"爸爸说，"想帮忙吗？那就把钉子递给我吧。"

劳拉一个接一个把钉子递给爸爸，爸爸把它们钉到板里，做出了一个箱笼。爸爸做出来的箱笼长长的、窄窄的，没有盖子，木条之间还留着很宽的缝隙。

"这个怎么捕鱼呢？"劳拉问，"你把它放进小溪里，鱼会从缝隙里游进去，但是也会游出来啊。"

"你等会儿瞧吧。"爸爸说。

劳拉等着爸爸放好钉子和锤子。然后爸爸把捕鱼笼扛在肩上说："你来帮我捕鱼吧。"

劳拉拉着爸爸的手，一蹦一跳地和他走下草丘，穿过平地，来到小溪旁。他们沿着低岸，经过梅树林。那里的河岸偏低，小溪偏窄，水声很响。爸爸从灌木丛里跳下水，劳拉也爬了下去，那里有一条瀑布。

瀑布上游的水流飞快平稳，接着一跃而下，水声响亮，水花飞溅。到底部时，水流又被冲起来，随后飞快地流走。

劳拉盯着瀑布看个不停，好像永远也不会厌倦。不过她要帮爸爸放捕鱼笼。他们把捕鱼笼放在瀑布底下。整条瀑布全流进了捕鱼笼里，水花跳动得更加欢畅了。水没有从笼子里溢出来，而是从缝隙里冒着泡流走了。

"你瞧，劳拉，"爸爸说，"鱼会从瀑布里掉进捕鱼笼里，小鱼能从缝隙里游走，但是大鱼就逃不掉了。它们不能游回瀑布，只好待在笼子里，等我把它们捉出来。"

这时，一条大鱼摆着尾巴从瀑布上掉下来。劳拉尖叫着喊："看，爸爸，看啊！"

爸爸把手伸进水里抓起鱼，鱼还在扑腾。劳拉差点跌到瀑布里。他们看了会那条银色的大鱼，然后爸爸又把它丢进了捕鱼笼里。

"哦，爸爸，我们能不能再待会儿，捕多点鱼做晚餐呢？"劳拉问。

"我还得去草棚里干活，劳拉，"爸爸说，"还要去犁菜地、打井——"然后他看了看劳拉，说："好吧，小丫头，那些活很快就能干完。"

父女俩蹲在那里等待着。溪水飞流直下，水花四溅，一刻不停地向前奔流。阳光照在水花上晶莹闪烁。水里冒出凉气，而劳拉的脖颈却被晒得暖烘烘的。灌木丛密密麻麻的小叶片挡住了天空，散发出温暖清香的味道。

"哦，爸爸，"劳拉问，"我非得去上学吗？"

"你会喜欢上学的。"爸爸说。

"我更喜欢这里。"劳拉难过地说。

"我知道，小丫头，"爸爸说，"不是每个人都有机会去学习认字、写字和算术的。我和你妈妈认识的时候，你妈妈是老师，她和我来西部时，我答应过她，一定要让我们的孩子有机会学习，所以在这里定居，因为这里离城里很近，城里有学校。你快八岁了，玛丽快九岁了，你们应该上学了。感谢你得到了这样的机会吧，劳拉。"

"好的，爸爸。"劳拉叹了口气说。就在这时，有一条大鱼从瀑布上掉下来，爸爸还没来得及抓住它，又来了另一条。

爸爸砍了一条树枝，把它削成细棍子，将捕鱼笼里的四条大鱼穿在棍子上。劳拉和爸爸拎着还在活蹦乱跳的鱼回家了。妈妈看到他们时惊讶得瞪大了眼睛。爸爸割下鱼头，掏空鱼内脏，然后叫劳拉刮鱼鳞。爸爸刮了三条，劳拉刮了一条。

妈妈把鱼在面粉里滚了滚，然后再放在油里炸，晚饭时他们把鱼全吃光了。

"你总是想得很周到，查尔斯，"妈妈说，"我正为生活来源发愁呢，现在是春天。"爸爸在春天不能打猎，因为那时兔子和鸟都在巢里哺育小兔子、小鸟。

"等我收获了小麦，"爸爸说，"我们就能天天吃咸肉了，嗯，还有新鲜肥美的牛肉！"

接下来的每一个早晨，爸爸在去干活前都会用捕鱼笼抓鱼，可是他从来不会多抓，只要够他们吃就好了。多余的鱼他都会放走。

爸爸捉到的鱼各种各样，有牛鱼、梭鱼、银色小鱼、长着两根须的鲇鱼，还有一些鱼的名字连爸爸都不知道。每天早餐、中餐、晚餐，他们顿顿吃鱼。

上　学

星期一早晨终于来了。劳拉和玛丽洗完早餐碟就爬上阁楼，换上漂亮的衣服。玛丽穿一件蓝色树枝图案的印花布裙，劳拉穿的是红色树枝图案的印花布裙。

妈妈把她们的辫子扎得紧紧的，辫尾扎上细绳。妈妈没给她们绑漂亮的发带，是怕她们弄丢了。她们戴上了刚洗过熨过的太阳帽。

然后妈妈把她们带到卧室，她蹲在她放东西的箱子边，拿出三本书。那是她小时候用过的课本，一本是《拼写》，一本是《阅读》，还有一本是《算术》。

妈妈严肃地看着玛丽和劳拉，他们俩也一脸庄重。

"我把这几本书送给你们，玛丽、劳拉，"妈妈说，"我相信你们会保存好它们、认真学习它们的。"

"是的，妈妈。"她们回答。

妈妈把书递给玛丽，让劳拉拿小锡皮桶，桶里装着她们的午饭，上面盖着一块干净的布。

"再见，"妈妈说，"在学校里要乖乖的。"

妈妈和卡莉站在门口望着她们，杰克跟着她们跑下草丘，但是不知道她们这是要上哪儿去。她们沿着爸爸的马车印穿过草地。杰克一直紧紧跟在劳拉的身边。

她们蹚过水去的时候，杰克蹲在岸边，焦急地嚎叫起来。劳拉不得不告诉它，它不能再跟着她们了。她摸了摸杰克的脑袋，安慰它，可是它还是皱着眉头，看着她们蹚过浅浅的、宽宽的河滩。

她们小心翼翼地在水里走，生怕水溅湿了她们干净的裙子。这时，一只蓝色的苍鹭扑扇着翅膀从水里飞起来，长长的脚悬在半空中。劳拉和玛丽小心地走上草地。她们等脚干了才敢踏在覆盖着灰尘的车轮印里，因为到城里，她们的脚一定要是干干净净的。

绿色的大草原无边无际，草丘上的新房子看起来很小。妈妈和卡莉已经进屋里了，只有杰克还坐在小溪边望着她们。

玛丽和劳拉一声不吭地继续往前走。

草丛里露珠闪闪发亮，野云雀在放声歌唱，鹬鸟迈着细长的腿在散步，草原上的母鸡在咯咯叫，小松鸡在叽叽喳喳叫。兔子站立着，垂着爪子，长耳朵颤动着，圆圆的眼睛盯着玛丽和劳拉看。

爸爸说只要走两英里半就到城里了，而且小路一直通到城

里。她们只要看到一栋房子就知道进城了。

无边无际的天空中飘荡着大团白色的云朵，云影飘荡在草原上。小路时断时续，每次她们以为走到了路尽头，却又发现小路又向前延伸了，上面留着爸爸的马车的车轮印。

"看在上帝的份上，劳拉，"玛丽说，"戴上太阳帽！不然你会晒得和印第安人一样黑，城里的姑娘们会笑你的！"

"我才不在乎呢！"劳拉满不在乎地大声说。

"你会在乎的。"玛丽说。

"我不在乎！"

"你在乎的。"

"我才不呢！"

"你和我一样害怕进城。"玛丽说。

劳拉没回答。过了一会儿，她拉起帽绳，戴上了太阳帽。

"不管怎么样，我们有两个人。"玛丽说。

她们继续往前走。过了很长一段时间，她们终于看见了城镇。城镇看起来像是摆在草原上的一个木块。小路向下滑去，她们又只看见草丛和天空了。接着城镇又出现了，也比刚才看见的大多了。烟囱管里正往外冒着烟。

长着青草的干净小路变成了土路。土路经过一栋房子和一家商店。商店有个带台阶的门廊。

商店再过去是一家铁匠铺。铁匠铺离小路有一段距离，门前有一大块空地。铺子里站着一个穿着皮围裙的魁梧男人。他正拉动风箱，炭火烧得红通通的。他用钳子把一块烧得炽热的铁从炭火里取出来，然后用一把大锤子使劲锤。砰！火星在阳

光里飞溅。

空地的那一头是一栋房子的背面。玛丽和劳拉走到房子的侧面，那里的地面很硬，没有长草。房子的前面，另一条宽阔的土路与她们正走的这条路交叉在一起。玛丽和劳拉站在那里，望着那条路上的另外两家商店。这时，她们听见了孩子们吵闹的声音。爸爸常走的小路在那里到了尽头。

"走吧，"玛丽低声说，可是她自己站着不动，"听得到吵闹声的地方就是学校。爸爸说我们能听得到的。"

劳拉真想转身一路跑回家。

她和玛丽沿着土路慢慢地朝吵闹的地方走过去。她们沿着两家商店中间的路走，经过一大堆木材和屋顶板。这里肯定是爸爸购买木材盖新房子的木材厂。接着，她们看见了学校。

学校在土路尽头的草原上。一条长长的路穿过草丛通到学校。学校门口男孩、女孩们在打打闹闹。

　　劳拉沿着小路朝他们走去，玛丽跟她后面。所有的孩子都停下来看着她们。劳拉慢慢地离那一双双眼睛越来越近。突然，她不由自主摇晃起手里的锡皮桶，大声叫起来："你们怎么像草原上的松鸡一样吵个不停！"

　　孩子们大吃一惊，可是劳拉更吃惊，她感到了羞愧。玛丽也大吃一惊，叫了声"劳拉"。接着一个满脸雀斑、火红头发的男孩大声叫："你是鹬鸟！鹬鸟！鹬鸟！长腿鹬鸟！"

　　劳拉真想钻到地里，把她的腿藏起来。她的裙子很短，比城里的姑娘们的裙子短多了。玛丽的也是。她们搬到梅溪前，妈妈就说过她们长得飞快，裙子已经太短了。她们的腿又细又长，像鹬鸟的腿一样。

　　所有的男孩都指着她们喊："鹬鸟！鹬鸟！"

　　这时，一个红头发的女孩一边推开那些男孩子一边说："闭嘴！你们吵死了！闭嘴，桑迪！"男孩立刻闭上了嘴巴。她走到劳拉身边说："我叫克里斯蒂·肯尼迪，那个讨厌的男孩是我的

弟弟桑迪，不过他没有恶意。你叫什么名字？"

她的红头发辫子扎得很紧，辫子挺得笔直。她的眼睛是深蓝色的，接近黑色，圆圆的脸颊上也长满了雀斑，背上挂着太阳帽。

"那是你的姐姐吗？"她问，"那几个是我的姐妹。"几个大姑娘正在和玛丽说话。"最高的那个是奈蒂，黑头发的是卡西，还有唐纳德、我和桑迪。你有几个兄弟姐妹？"

"两个，"劳拉回答，"那个是玛丽，还有一个婴儿卡莉。她也长着金色的头发。我们还有一只牛头犬，叫杰克。我们住在梅溪边，你们住哪儿呢？"

"你爸爸是不是赶着两匹鬃毛和尾巴都是黑色的红棕色的马？"克里斯蒂问。

"是的，"劳拉回答，"它们叫山姆和大卫，是我们的圣诞马。"

"你爸爸会从我们家门前经过，所以你应该也经过的，"克里斯蒂说，"就是你走到比德商店、邮局和铁匠铺前经过的那栋房子。伊娃·比德小姐是我们的老师，那个是内莉·奥雷森。"

内莉·奥雷森长得很漂亮，一头金黄色的鬈发，上面扎着两个蓝色缎带蝴蝶结。她穿着白色细麻布裙子，裙子上点缀着蓝色的小花朵。她还穿着鞋子。

她看了看劳拉又看了看玛丽，耸了耸鼻子。

"嗯！"她说，"乡下姑娘。"

大家没来得及说话，就听见铃声响了。一位年轻的女士站在学校门口，手里摇着铃铛。所有的孩子都在她的催促下跑进

了教室。

年轻的女士长得十分漂亮，棕色的头发垂到棕色的眼睛上面，背后扎着一根粗粗的辫子。上衣前排的纽扣闪闪发亮，裙子紧紧地束在腰际，拖出蓬松的裙摆。她的脸上露出甜美的微笑。

她把手摁在劳拉的肩膀上说："你就是新来的小姑娘，是不是啊？"

"是的，夫人。"劳拉回答。

"这是你的姐姐？"老师笑着看着玛丽问。

"是的，夫人。"玛丽回答。

"那么跟我来吧，"老师说，"我得把你们的名字记在我的名册里。"

她们跟着她经过长长的教室，走到了讲台上。

教室是用新的木板搭成的，天花板是屋顶板做的，和阁楼上的屋顶板一样。长板凳一条接一条摆在教室里，都是用刨得光滑的木板做的。每条板凳都有一个靠背，靠背上伸出两个架子。只有第一排的板凳前面没有架子，最后一排板凳没有靠背。

教室的两侧各有两扇玻璃窗。窗和门都开着，风吹进来，随之飘进来的有草丛随风摆动的声音和草原的气息，透过门窗还看得见一望无垠的大草原和明亮的天空。

劳拉和玛丽站在讲台上，告诉大家她们的名字和年龄时，劳拉看到了草原上的景色。她没有扭过头，但是眼睛瞥着窗外。

门口的板凳上放着一只水桶，墙角放着一把买来的扫帚。讲台背后的墙壁上挂着一块漆成黑色的光滑的木板。木板下方

有一个凹槽，里面放着短短的、白色的笔头，还有一小块木头，裹着羊皮一样的东西，上面还钉着钉子。劳拉不知道那个东西是什么。

玛丽告诉老师她会读哪些字，会拼哪些字。可是劳拉看着妈妈给她的书，摇了摇头。她不会读，甚至连字母都认不全。

"好吧，你从头学起，劳拉，"老师说，"玛丽可以继续往下学。你们有写字板吗？"

她们没有写字板。

"我把我的借给你们，"老师说，"没有写字板没法学写字。"

老师抬起桌子盖，拿出写字板。她的桌子像一个高高的箱子，一面是空的，用来放脚。桌盖上装着铰链，桌子里是她放东西的地方，里面有她的书和尺子。

劳拉后来才知道，那把尺子是用来惩罚调皮捣蛋、小声嘀咕的同学的。谁要是调皮就要被罚走上讲台，伸出手，让老师用尺子狠狠地打几下。

劳拉和玛丽从来不在课堂上小声嘀咕，也从来不调皮捣蛋。她们坐在一条板凳上，认真学习。玛丽的脚踩在地板上，可是劳拉的脚悬在板凳下。她们把书摊开，放在前面的架子上，劳拉看书的前面几页，玛丽看书的后几页，中间的书页竖得笔直。

劳拉一个人就是一个班，因为只有她一个学生不认字。老师一有空就把她叫到讲台上，帮她认字母。第一天上学吃午饭前，劳拉就会读 C—A—T, cat 了。突然她想起来了："P—A—T, pat。"

老师吃了一惊。

"RAT，rat！"老师说，"MAT，mat！"劳拉跟着读起来，很快她就会读《拼写》课本里的第一行的单词了。

中午，老师和其他孩子都回家吃午饭了。劳拉和玛丽拿出午餐桶，坐在空荡荡的教室旁的草地上，一边吃着面包、黄油，一边说话。

"我喜欢上学。"玛丽说。

"我也是，"劳拉说，"只是脚有点酸。但是我不喜欢那个叫内莉·奥雷森的女孩，她说我们是乡下姑娘。"

"我们本来就是乡下姑娘。"玛丽说。

"是啊，可是她没有必要耸鼻子啊。"劳拉说。

内莉·奥雷森生气了

那天晚上，杰克在浅河滩等她们。晚饭的时候，她们跟爸爸妈妈讲了学校里的事情。当她们说她们借用了老师的写字板时，爸爸摇了摇头，说她们不应该为了一个写字板欠老师的人情。

第二天早上，爸爸从小提琴盒子里拿出钱，数了数。他给了玛丽一个圆银币，让她买写字板。

"小溪里有很多鱼，"他说，"够我们吃到收割小麦。"

"而且马铃薯很快就成熟了。"妈妈说。她用手帕把银币包好，塞进了玛丽的口袋里。

一路上，玛丽紧紧地捂住口袋。风吹过草原，蝴蝶和小鸟在摇曳的青草和野花上飞来飞去，兔子蹦蹦跳跳，清澈的天空笼罩在草原上。劳拉拎着餐桶，也一路蹦蹦跳跳。

进了城里，她们穿过扬满了灰尘的主干道，走上台阶，来到了奥雷森先生的商店。爸爸让她们在这里买写字板。

商店里有一个长长的木板柜台。柜台后面的墙壁上装满了架子，架子上放满了锡盘、罐子、台灯、灯笼、彩布。商店另一面墙壁旁摆着犁具、钉子桶、电线圈，墙上挂着锯子、锤子和小刀。

柜台上放着一个又大又圆的黄色奶酪。柜台前的地板上放着一桶蜜糖、一满桶泡菜、一大木箱饼干，还有两大木桶糖果。那就是她们圣诞节收到的糖果，两大桶满满都是。

突然商店的后门开了，内莉·奥雷森和她的弟弟威利跳了进来。内莉又朝劳拉和玛丽耸了耸鼻子，威利朝她们大叫："呀！呀！长腿鹬鸟！"

"闭嘴，威利。"奥雷森先生说。可是威利没有闭上嘴巴，而是继续叫："鹬鸟！鹬鸟！"

内莉从玛丽和劳拉身边跳过去，把手插进糖果桶里，威利则把手插进另一只糖果桶里。他们抓了一大把糖果，然后塞进嘴巴里津津有味地吃起来。他们就站在玛丽和劳拉眼前，一边吃一边看着她们，却一块也不给她们吃。

"内莉！你和威利到后面去。"奥雷森先生说。

他们继续往嘴里塞糖果，眼睛直直地盯着玛丽和劳拉。奥雷森先生不管他们了。玛丽把钱给了奥雷森先生，买了写字板。奥雷森先生说："你们还需要一支写字笔，给你，一便士。"

内莉说："她们连一便士也没有。"

"没事，拿去吧，让你爸爸下次进城的时候再把钱付给我就

行了。"奥雷森先生说。

"不了，先生，谢谢你。"玛丽说。说完她转身走了，劳拉也跟着转身走出了商店。到门口时，劳拉回头看了一眼。内莉正朝她们做鬼脸，她伸出来的舌头上沾上了红色、绿色的糖果汁。

"天哪！"玛丽说，"内莉·奥雷森太不客气了！"

劳拉心里想：如果爸爸妈妈允许的话，我一定对她不客气。

她们看着新买的写字板，它的表面光滑、柔和，木框平滑干净，四个角牢牢地嵌在一起。这是一块漂亮的写字板。可是她们一定要有写字笔。

爸爸已经为写字板花了好多钱，她们不能再问他多要一便士了。她们一路发愁，突然劳拉想起来她们圣诞节时拿到的钱。在印第安保留区时，一个圣诞节的早上，她们在长筒袜里发现了钱币。她们一直保存着那些钱。

玛丽有一个便士，劳拉也有一个便士，不过她们只需要有一支写字笔，所以她们决定用玛丽的一便士购买写字笔，然后劳拉的一便士要分给玛丽一半。第二天早上，她们买了写字笔，不过不是从奥雷森先生的商店买的，而是从比德先生的商店兼邮局买的。老师就住在那里，于是那天早上，她们和老师一起去学校。

那些漫长炎热的日子里，她们天天上学，而且一天比一天更喜欢学校。她们爱上了读书、写字和算术，尤其喜欢星期五下午的拼写课。劳拉还喜欢课间休息，小姑娘们飞奔到太阳底下，在草丛里摘野花、做游戏。

男孩们在教室的一边玩男孩的游戏，女孩们在另一边玩。玛丽和其他大一些的姑娘像淑女一样坐在台阶上。

小姑娘们总是玩编花环的游戏，因为内莉·奥雷森想要玩这个游戏。其实她们都玩腻了，可还是玩。直到有一天，内莉还没来得及开口，劳拉就说："我们来玩约翰叔叔吧！"

"好啊，好啊！"女孩们叫着拉起了手。可是内莉却双手揪住了劳拉的长头发，把她推倒在了地上。

"不行！不行！"内莉大声叫，"我要玩编花环。"

劳拉跳起来，挥舞手臂想要去打内莉。可是她停住了，因为爸爸说永远都不许打人。

"算了，劳拉。"克里斯蒂说着拉起劳拉的手。劳拉的脸涨得通红，气得要命，不过她还是和其他女孩一起在内莉周围围成了一个圈。内莉甩着鬈发，裙子上下翻飞，高兴得手舞足蹈，因为没人敢不听她的。接着，克里斯蒂唱了起来，其他女孩也跟着唱：

约翰叔叔生病了，躺在床上，

我们该送什么给他呢？

"不对！不对！玩编花环！"内莉尖叫，"不然我不玩了！"
她从圈子里冲出去，可是没人去追她。

"好吧，你到中间去，莫德。"克里斯蒂说。然后她们重新
开始玩。

约翰叔叔生病了，躺在床上，
我们该送什么给他呢？
一块馅饼，一块蛋糕，
一个苹果，一个饺子。
我们用什么来装呢？
一个金色的托盘。
我们该派谁去送呢？
州长的女儿。
如果州长的女儿不在家，
我们该派谁去送呢？

接着，所有的女孩齐声叫："劳拉·英格斯！"

劳拉走进圈里，其余女孩围着她跳舞。她们一直玩着这个
游戏，直到老师打铃。内莉在教室里大哭，她说她生气极了，
以后再也不跟劳拉和克里斯蒂说话了。

可是第二个星期，她邀请所有的女孩子去参加星期六下午
她家的派对，特别邀请了克里斯蒂和劳拉。

城里的派对

劳拉和玛丽从来没参加过派对，根本不知道派对是什么样的。妈妈说派对就是朋友们聚在一起，度过一段欢乐的时光。

星期五放学后，妈妈洗了她们的裙子和太阳帽。星期六早上，妈妈把它们熨好后，它们像新的一样。那天早上，劳拉和玛丽洗了澡，平时她们都是晚上洗澡的。

"你们像花骨朵一样漂亮！"她们穿着漂亮的裙子下楼梯的时候，妈妈说。妈妈为她们系上发带，嘱咐她们别弄丢了。"好了，做个乖女孩，"妈妈说，"要懂礼貌。"

她们到了城里，等卡西和克里斯蒂。卡西和克里斯蒂也从没参加过派对。她们一起怯生生地走进奥雷森先生的商店。奥雷森先生说："径直进去吧！"

于是她们经过糖果桶、泡菜桶和犁具，走到了商店的后门。

门开着，盛装打扮的内莉站在那里，奥雷森太太请她们进去。

劳拉从来没见过这么漂亮的房间。她只知道说"下午好，奥雷森太太"、"是的，夫人"、"不，夫人"。

地板上铺着厚厚的织物，劳拉光脚踩在上面觉得很粗糙。这块布用棕色和绿色打底，上面有红色、黄色的涡卷花纹，墙壁和天花板是用细长光滑的木板拼成的，中间有一条缝。桌子和椅子是用一种黄色的木头做的，像玻璃一样闪闪发光，桌椅的腿是圆滚滚的。墙壁上挂着彩色的图画。

"去卧室吧，姑娘们，摘下你们的太阳帽。"奥雷森太太和善地说。

床架子也是用亮闪闪的木头做的。房间里还有另两件家具。一件是两个叠在一起的抽屉，最上面还有两个小抽屉和两根弯曲的木棍，棍子中间立着一面镜子。另一件家具的顶上放着一个大陶瓷碗，陶瓷碗里是一个陶瓷水罐，还有一个装着肥皂的陶瓷碟子。

两个房间里都装着玻璃窗，窗帘的花边都是白色蕾丝。

起居室后面有一间宽敞的单坡屋子，里面有一个烤炉，和妈妈的新炉子一样。屋子的墙上挂满了各种各样的锡罐和盘子。

所有的女孩都到齐了，奥雷森太太在她们中间穿来穿去，裙子发出沙沙的声响。劳拉想要静静地欣赏房间的陈设，但是奥雷森太太说："好了，内莉，把你的玩具拿出来吧！"

"让她们玩威利的玩具。"内莉说。

"不准骑我的脚踏车。"威利喊。

"好吧，那就玩你的挪亚方舟和士兵。"内莉说。奥雷森太

太让威利不要再大喊大叫了。

挪亚方舟是劳拉见过的最漂亮的玩具。女孩子们都跪在地上，兴奋地尖叫，高兴地大笑。挪亚方舟里有斑马、大象、老虎、马，各种各样的动物，就像刚从家里纸封皮的《圣经》里跑出来一样。

还有两个锡皮玩具士兵，全穿着天蓝色和亮红色的制服。

还有一个用薄木板做成的跳跳娃，穿着细条纹纸裤子和夹克，白白的脸蛋，红红的脸颊，眼睛周围画着眼圈，戴着高高的、尖尖的帽子。他被吊在两根红色细木条之间，木条一拉，他就会跳舞。他的两只手抓着线，会绕着线翻跟头，还能玩倒立，脚尖碰到鼻子上。

就连大姑娘看着这些动物和士兵也都兴奋地尖叫，看到跳跳娃时，笑得眼泪都快流出来了。

然后，内莉走到她们中间，说："你们来看看我的洋娃娃吧！"

洋娃娃的头是陶瓷做的，脸颊光滑、红润，嘴唇也是红红的。她的眼睛黑黑的，头发又黑又卷。她的手和脚也是陶瓷做的，连鞋子也是黑色的陶瓷鞋。

"哦！"劳拉说，"哦，多漂亮的洋娃娃啊！哦，内莉，她叫什么名字？"

"她不算什么，只是一个旧娃娃，"内莉说，"我才不在乎这个旧东西呢，你等着，我给你看我的蜡人洋娃娃。"

说完她把陶瓷洋娃娃丢进了抽屉里，然后拿出了一个长长的盒子。她把盒子放在床上，掀开盖子。所有的女孩围在她身

边，看个究竟。

盒子里躺着一个娃娃，看上去像是活的一样。金色的鬈发落在枕头上，像真的一样。嘴巴微微张开，露出两排洁白的牙齿，眼睛闭着，娃娃正在盒子里睡觉。

内莉把她抱起来，她的眼睛突然睁开了。蓝色的眼睛睁得大大的，像是在微笑，她张开双臂，喊："妈妈！"

"我一捏她的肚子她就会叫妈妈，"内莉说，"瞧！"她用拳头狠狠地捶娃娃的肚子，可怜的娃娃大声叫："妈妈！"

娃娃穿着蓝色的丝绸裙子。裙子是镶着花边和皱褶的真裙子。裤子也是可以脱下来的真裤子，脚上穿的也是真的蓝色的皮凉鞋。

劳拉一直一声不吭，她说不出话来。她不想去摸那个精美的娃娃，但是不由自主地，她伸出了手指头碰了碰娃娃的蓝色丝绸裙子。

"别碰她！"内莉尖叫，"把你的手从我的娃娃身上拿开，劳拉·英格斯！"

她说着把娃娃紧紧抱住，然后转身，背对着劳拉，把娃娃放回到了盒子里。

劳拉的脸涨得通红，其他女孩也不知道该怎么办。劳拉走开，坐到了一把椅子上。其他女孩看着内莉把盒子收进抽屉里关上了，然后她们又去玩动物、玩具士兵和跳跳娃。

奥雷森太太走进来，看见劳拉就问她为什么不去玩。劳拉说："我想在椅子上坐一会，谢谢您，夫人。"

"你愿意看看这个吗？"她说着把两本书放在劳拉的膝盖上。

"谢谢您，夫人。"

劳拉小心翼翼地翻看这两本书。有一本不能算是书，它很薄，没有封面，像一本儿童杂志。另一本有厚厚的光滑的封面，封面上画着一个老妇人，她戴着一顶尖尖的帽子，骑着一把扫帚，穿过一个金黄色的大月亮。她的头顶上写着三个大字——

鹅妈妈

劳拉不知道世界上还有这么漂亮的书。书里的每一页都有漂亮的图画和歌谣。劳拉会读其中的几首，读着读着就把派对全忘了。

突然她听见奥雷森太太说："来啊，小姑娘，你不想让她们把蛋糕全吃光的吧？"

"是的，夫人，"劳拉说，"哦，不，夫人。"

桌子上铺着一块洁白的桌布，桌布上摆着一个漂亮的白色糖衣蛋糕和高脚杯。

"我要最大的那块！"内莉大叫着抢了最大的一块蛋糕。其他姑娘都坐在一旁等待奥雷森太太把蛋糕切好后放在陶瓷碟子里递给她们。

"你们的柠檬水要加糖吗？"奥雷森太太问。劳拉这时才知道杯子里的是柠檬水。她从来没喝过这么好喝的东西。刚入口时是甜甜的，等她吃了一口蛋糕后，柠檬水变酸了。大家都礼貌地回答奥雷森太太："要的，谢谢夫人。"

她们小心翼翼地吃蛋糕，不让一点蛋糕屑掉在桌布上，也没有弄洒一滴柠檬水。

到了该回家的时候，劳拉想起来，妈妈嘱咐她们要说的话："谢谢您，奥雷森夫人，今天的派对我们玩得很开心。"其他人也都表示了感谢。

她们走出商店后，克里斯蒂对劳拉说："我真希望你刚才给小气的内莉·奥雷森一个巴掌。"

"哦，不行，这可不行！"劳拉说，"不过我会叫她好看的！嘘，别让玛丽听见。"

杰克孤零零地在浅河滩那里等她们。今天是星期六，劳拉却没陪它玩。要再过整整一个星期，他们才会有一天的时间去梅溪边玩。

她们对妈妈讲起了奥雷森家的派对。妈妈说："我们受了别人的款待就该回报人家。我想过了，姑娘们，你们去请内莉·奥雷森和其他姑娘到我们家来开派对吧。就下个星期六吧。"

乡下派对

"你们愿意去我家参加派对吗？"劳拉问克里斯蒂、莫德和内莉·奥雷森。玛丽去邀请那些大一点的姑娘。她们都说愿意参加。

那个星期六的早晨，新房子看起来特别漂亮。地板刷得干干净净的，连杰克都不许进。窗户闪闪发亮，粉色花边的窗帘洗得洁白如新。劳拉和玛丽给架子挂上了新剪出来的纸星星，妈妈做了空心饼。

空心饼是用鸡蛋和面粉做的。妈妈把和好的面团放进油锅里炸，等到面饼嗞嗞地响，在油里浮起来的时候，再把它翻过来炸另一面，直到底部变成蜜糖一样的褐色，鼓出一大块时，妈妈便用叉子把它叉出来。

妈妈把所有的空心饼放在碗橱里，留着派对上吃。

劳拉、玛丽、妈妈和卡莉都穿上了漂亮的衣服，等待客人们从城里赶来。劳拉给杰克刷了一遍毛，尽管杰克一身灰斑白毛每天都很干净漂亮。

杰克跟着劳拉跑到了浅河滩。姑娘们正吵吵闹闹地蹚过被太阳晒得暖洋洋的溪水，只有内莉一个人在脱鞋子和长筒袜，还一边抱怨沙粒硌得她脚疼："我才不要光脚呢，我有鞋子和长筒袜。"

她穿着一条崭新的裙子，头上戴着一个大大的新蝴蝶结。

"这是杰克吧？"克里斯蒂问。大家都拍拍杰克的脑袋，夸它是一条乖乖的小狗。可是当杰克礼貌地朝内莉摇尾巴时，内莉却说："走开！别碰我的新裙子。"

"杰克才不会碰你的裙子呢。"劳拉说。

她们沿着小路往前走，路两旁是随风摆动的草丛和野花。她们到达时，妈妈已经等在了门口。玛丽把同学们一一介绍给妈妈，妈妈甜美地朝她们微笑，和她们说话。只有内莉往下捋着她的新裙子，对妈妈说："当然我是不会穿上最漂亮的裙子去参加一个乡下的派对的。"

听到内莉这样无礼，劳拉再也不想管妈妈是怎么教导她的，爸爸会怎么惩罚她，她一定要让内莉为刚才的话吃点苦头。她竟敢那样和妈妈说话！

妈妈只是对内莉笑了笑说："这条裙子非常漂亮，内莉。我们很高兴你来我们家。"可是劳拉不打算原谅内莉。

姑娘们很喜欢这栋漂亮的屋子。它那么干净、通透，清新的微风从屋子里吹过，周围是绿色的草原。她们爬上梯子，欣

赏劳拉和玛丽的小阁楼，羡慕极了。可是内莉却问："你们的洋娃娃呢？"

劳拉才不想把亲爱的碎布娃娃夏洛特给她看呢，她对她说："我不玩洋娃娃，我在小溪里玩。"

于是她们和杰克一起跑了出去。劳拉指给她们看干草堆里的小鸡、绿油油的菜地和密密麻麻的麦地。她们跑下草丘，来到了梅溪的低岸边。柳树站立在岸边，独木桥架在溪上，溪水从梅树丛的阴凉处涌过来，淌过又宽又浅的河床和闪闪发亮的鹅卵石，经过桥底，汩汩地流进深及膝盖的水潭里。

玛丽和大姑娘们带着卡莉文静地在岸边玩。但是劳拉、克里斯蒂、莫德和内莉把裙子卷到了膝盖上，把脚踏进了冰凉的流水里。姑娘们欢笑着、尖叫着，吓跑了在浅河滩里游来游去的成群的鲦鱼。

大姑娘们带着卡莉在波光粼粼的浅水里玩耍，捡拾溪边漂亮的鹅卵石。小姑娘们在独木桥那一头玩捉人的游戏。她们一会儿跑进温暖的草丛里，一会儿又跑进水里。就在她们玩得不亦乐乎的时候，劳拉突然想到了对付内莉的办法。

她带着姑娘们来到老螃蟹的窝旁。吵闹声和飞溅的水花又把它吓得躲到了岩石底下。劳拉看见螃蟹生气地挥舞着钳子，褐绿色的头向外窥视。她把内莉挤到螃蟹旁边，然后往螃蟹躲藏的岩石上拍起一股浪花，随后尖叫："哦，内莉！内莉，小心！"

老螃蟹朝内莉的脚趾头冲过去，张开钳子就要夹。

"快跑！快跑！"劳拉大喊，把克里斯蒂和莫德往独木桥那

里推，然后她去追内莉。内莉尖叫着径直跑到了梅树林下泥泞的水里。劳拉站在沙砾上，回头看螃蟹。

"等等，内莉，"她说，"你待在那儿别动。"

"哦，那是什么东西？那是什么东西？它会追过来吗？"内莉问。她的裙摆已经滑下了膝盖，裙子和衬裙全浸在了肮脏的泥水里。

"是只老螃蟹，"劳拉告诉她，"它的钳子能把大木棍夹成两半，它也能把我们的脚趾头夹掉。"

"哦，它在哪儿？它过来了吗？"内莉问。

"你待在那儿别动，我去看看。"劳拉说。她慢慢地走过去，然后停下脚步四处观察。她看见老螃蟹还躲在岩石底下，但是她什么也没说，慢慢地走到了独木桥边。内莉焦急地在梅树丛里张望。随后劳拉又走回去，对内莉说："现在你可以出来了。"

内莉走到了水清的地方，她说她讨厌那条可怕的小溪，也不会再来玩了。她洗掉了裙子上的泥巴，正想洗脚时，却尖叫了起来。

像泥巴一样褐色的蚂蟥吸在她的腿上、脚上，怎么洗也洗不掉，抓也抓不掉。然后她尖叫着跑到岸上，用力地踢脚，两只脚换着踢，还一刻不停地尖叫。

劳拉笑得跌倒在草地上打滚。"哦，看哪，看哪！"她笑着大叫，"看内莉在跳舞！"

所有的姑娘都跑了过来。玛丽让劳拉帮内莉把蚂蟥捉下来，可是劳拉不乐意，继续在草地上笑着打滚。

"劳拉！"玛丽说，"快起来，把那些东西弄掉，不然我告诉

妈妈了。"

然后劳拉就去捉掉内莉身上的蚂蟥。所有的姑娘眼睛一眨不眨地盯着看，看到蚂蟥被越拉越长、越拉越长，不由得吓得惊叫。内莉哭了起来："我不喜欢你的派对！我要回家。"

妈妈听见了尖叫声，急匆匆地跑到溪边，看看究竟出了什么事。她安慰内莉，叫她不要哭，说几只蚂蟥没什么好怕的，然后叫姑娘们回屋子里去。

桌子上铺着妈妈的最漂亮的白布，蓝色的水罐里插着鲜花，看起来漂亮极了。桌边都放了板凳。小锡杯里盛满了香浓的牛奶，牛奶是存放在地窖里的，所以冰冰凉凉的。盘子里堆满了蜜糖色的空心饼。

空心饼不甜，但是又脆又香，里面是空的，像个大气泡。脆脆的饼干屑在舌尖上很快就溶化了。

她们吃了一个又一个，都说从来没吃过这么好吃的东西，而且问妈妈这是什么。

"空心饼，"妈妈说，"因为它们中间是鼓出来的，里面是空空的。"

她们吃了许多空心饼，直到再也吃不下了，也喝掉了甜甜的、冰冰的牛奶。派对就这样结束了。所有姑娘都对今天的派对表达了谢意，只有内莉没有，她还在生气。

劳拉才不在乎呢。克里斯蒂捏了捏劳拉，对着她的耳朵说："我从来没玩得这么高兴！内莉真活该！"

劳拉想到内莉在溪岸上跳舞的样子，心里觉得舒坦极了。

去教堂

星期六的晚上，吃完晚饭，爸爸坐在门口抽烟。劳拉和玛丽坐在他的旁边。门里面，卡莉坐在妈妈的膝头，妈妈轻轻摇她。

风停了，星星低低地挂在天幕上，明亮地闪烁着。在星星的映衬下，黑色的天幕显得更加暗沉，远处梅溪在轻柔地喃喃私语。

"今天下午，城里有人告诉我，明天新建的教堂里有人布道，"爸爸说，"我遇见了传教士奥尔登牧师。他邀请我们去，我告诉他我们会去的。"

"哦，查尔斯，"妈妈惊呼，"我们很久没有去做礼拜了。"

劳拉和玛丽从没见过教堂，但是她们从妈妈的语气里听出来，教堂一定比派对好玩。过了一会儿，妈妈说："我真高兴，

我的新裙子正好做好了。"

"你穿上它一定像花朵一样漂亮，"爸爸说，"明天我们早点出发。"

第二天早上，一家人手忙脚乱。早饭匆匆忙忙吃完，家务活匆匆忙忙干完。妈妈匆匆忙忙地给自己和卡莉穿上衣服，然后她焦急地对着阁楼喊："快点下来，姑娘们，我替你们把发带系上。"

她们匆匆忙忙地跑下楼，然后惊讶地看着妈妈。妈妈穿着新裙子真是漂亮极了。黑白相间的印花棉布，宽宽的黑条纹间隔着一条条比线还细的白条纹。裙子上身系着黑色的纽扣，裙摆向后聚拢，在腰后面打了很多皱褶。

小小的立领上镶嵌着针织花边，一直延伸到妈妈胸前的蝴蝶结上，金色的胸针把蝴蝶结别在了领子上。妈妈脸颊红润，眼睛明亮有神，整个人漂亮极了。

妈妈让劳拉和玛丽转过身，飞快地把发带系在她们的辫子上。然后她拉着卡莉的小手，走到台阶上，锁好门。

卡莉看起来像《圣经》里的小天使。她的裙子和太阳帽都是白色的，镶着蕾丝花边。她的眼睛大大的，炯炯有神，金色的鬈发垂到脸颊旁，从太阳帽底下翘出来。

劳拉发现自己的粉色发带系在了玛丽头上。她惊讶地用手捂住了嘴巴，生怕一不小心说出来。她回头看了一下自己的头发，她的辫子上正系着玛丽的蓝色发带。

她和玛丽相互看了一眼，什么也没说。妈妈匆匆忙忙一定是系错了。不过她们希望妈妈没注意，因为劳拉已经厌倦了粉

色，玛丽也厌倦了蓝色。妈妈说玛丽的头发是金色的，所以系蓝色发带好看，劳拉的头发是棕色的，系粉色的好看。

爸爸把马车从畜棚里赶出来，他把山姆和大卫的毛刷得干干净净的，在太阳底下闪闪发亮。两匹马骄傲地昂着头，甩起尾巴，扬起鬃毛，往前走。

马车的座位上铺着一块干净的毯子，车厢的地上也铺了一块。爸爸小心地扶着妈妈爬上马车，又抱起卡莉放在妈妈的腿上。然后他抱起劳拉，丢进车厢里。这时劳拉的辫子飞了起来。

"哦，天哪！"妈妈大叫，"我给劳拉系错了发带！"

"坐在飞奔的马车上别人是不会注意的！"爸爸说。劳拉知道她一路上可以系着蓝色发带了。

劳拉挨着玛丽坐在车厢里干净的毯子上，把辫子拉到胸前，玛丽也这么做了，两人相视一笑。劳拉一低头就能看见自己头发上的蓝色发带，玛丽一低头也能看见自己头发上的粉色发带。

爸爸吹起了口哨，山姆和大卫出发时，爸爸唱起了歌。

哦，每个周日的早晨，
我的妻子在我身旁，
等待马车的到来，
我们骑马去兜风！

"查尔斯。"妈妈温柔地提醒他今天就是星期天，于是他们一起唱了起来：

有一片乐土，

在那遥远的地方，

荣光万丈的圣徒，

光芒像白昼一样明亮！

梅溪从柳树阴底下潺潺流出来，沿着宽阔平坦的河岸往前流淌，溪水在阳光下闪闪发亮。山姆和大卫迈着小步，蹚过波光粼粼的浅河滩。车轮滚过，溅起晶莹的水花，带起涌动的波浪。接着他们就来到了广阔无垠的草原上了。

马车轻盈地沿着小路前行，绿油油的草地上几乎没有留下车印。鸟儿唱起了清晨的欢歌，蜜蜂嗡嗡嗡哼着调子，大黄蜂在花丛里乱飞，大蝗虫在草丛里乱窜。

没过多久，他们就进了城里。铁匠铺还没开门，商店的门也紧紧关着，一切都是静悄悄的。几个衣帽考究的男男女女带着精心打扮的孩子，走在满是尘土的大街上。他们都是去教堂做礼拜的。

教堂是新建的，离学校不远。爸爸赶着马车穿过草地，朝教堂驶去。教堂很像学校，只是屋顶上有一个空空的小屋子。

"那是什么？"劳拉问。

"别拿手指来指去，劳拉，"妈妈说，"那是钟楼。"

爸爸在教堂高高的门廊前停下了马车，然后他扶着妈妈下车。劳拉和玛丽直接从车厢一侧爬了下来，等在原地。爸爸把马车拉到教堂旁边的阴凉处，解下山姆和大卫，把它们拴在车

厢上。

人们陆续从草地上走来，踏上台阶，走进教堂。教堂里传来低沉、严肃的声音和窸窸窣窣的声音。

爸爸终于来了。他抱着卡莉和妈妈一起走进教堂。劳拉和玛丽脚步轻轻地紧跟在他们身后。他们进了教堂，在一条长凳上坐成一排。

教堂里面和教室一模一样，只是教堂给人一种奇怪的、空洞的感觉。一点细微的声音就会因为新木板墙而变得十分响亮。

一个又高又瘦的男人从台上的桌子后面站了起来。他的衣服是黑色的，领结是黑色的，头发是黑色的，络腮胡须也是黑色的。他的声音柔和慈祥，所有人都低下了头。那个人祷告了很久，劳拉安静地坐着，盯着自己辫子上的蓝色发带。

突然，就在她旁边，一个声音对她说："跟我来。"

劳拉被吓了一大跳，抬头一看，一个漂亮的女士站在她面前，温和的蓝眼睛洋溢着笑意。女士又对她说："跟我来，小姑娘，我们去上主日学校课。"

妈妈点点头，于是劳拉和玛丽从长凳上滑下去。她们不知道星期天还要上课。

女士把她们带到一个角落里。学校里的姑娘们都在那里，一个个疑惑地看着彼此。女士把凳子围成一个方形，然后拉着劳拉和克里斯蒂坐下来。其他姑娘也都坐在了凳子上。女士说她是道尔夫人，然后一一问姑娘们的名字。接着她说："现在，我要给你们讲个故事！"

劳拉高兴极了，但是道尔夫人讲的是："这是一个小婴儿的

故事。很久以前他出生在埃及，他的名字叫摩西。"

劳拉听不下去了，因为她知道摩西的一切，就连卡莉也知道。

故事讲完后，道尔夫人笑得更灿烂了，她说："现在我们来学一首《圣经》里的诗吧！大家愿意吗？"

"好的，夫人。"大家回答。她轮流给每个女孩念了一首《圣经》里的诗，并要求她们下一个星期天背给她听。这就是她们的主日课。

轮到劳拉时，道尔夫人和妈妈一样，温柔地抱着她，朝她甜美地笑。她对劳拉说："我最小的姑娘要学最简单的课，我们来背《圣经》里最短的诗！"

劳拉立刻知道道尔夫人说的是哪首诗了。可是道尔夫人眯着眼睛笑着说："只有两个词。"她念了那两个词，然后问："你能把它记一个星期吗？"

劳拉对道尔夫人的问题感到惊讶，怎么不能呢，她都记得《圣经》里更长的诗和所有的颂歌。但是她不想伤道尔夫人的心，于是说："能，夫人。"

"真是我的乖小孩！"道尔夫人说。劳拉心想我是妈妈的乖小孩。"我待会再念一遍给你听，帮你记住它，只有两个词。"道尔夫人说，"现在跟着我念吧！"

劳拉局促不安地低下头。

"试一试。"道尔夫人催促她，劳拉的头低得更低了，低声念那首诗。

"非常好！"道尔夫人说，"那你努力记住它，下星期天背给我听好吗？"

劳拉点点头。

接着所有人站了起来，张开嘴巴唱"耶路撒冷，金色的圣地"。大多数人不认字也不识谱，难听的歌声让劳拉浑身起鸡皮疙瘩，耳朵里难受得要命。终于，大家唱完歌坐了下来，劳拉松了口气。

接着那个又高又瘦的男人又站起来讲话。

劳拉想他大概会永远讲下去，不由得眺望窗外。蝴蝶正在自由自在地飞舞，青草随风摇摆，风吹过屋檐发出微弱的声响。她看看蓝色的发带，又看看自己的手指甲和手指头。她把手指头伸得笔直，搭成木屋角落的形状。她又抬头看了看教堂的屋顶板。她的两只脚一直悬着，酸疼得厉害。

最后所有人都站起来，又唱起了歌。唱完后，礼拜终于结束了。他们可以回家了。

那个又高又瘦的男人站在门口，他就是牧师奥尔登。他和爸爸妈妈一一握手，聊了一会儿天，然后他弯下腰，和劳拉握手。

他面带微笑，黑黑的胡须丛里露出了白色的牙齿，蓝眼睛看起来很慈祥。他问："你喜欢主日课吗，劳拉？"

突然劳拉觉得自己喜欢上主日课了。她回答："喜欢，先生。"

"那你每个星期天都要来啊！"他说，"我们盼着你来！"劳拉知道他是认真的，他会盼着她来。

回家的路上，爸爸说："太好了，卡罗琳，和一群和我们一样信奉主的人在一起真是很开心。"

"是啊，查尔斯，"妈妈心怀感恩地说，"一整个星期都期待这样的一天，真叫人心情愉快。"

爸爸转过身问："你们俩第一次去教堂感觉怎么样啊？"

"他们不会唱歌。"劳拉说。

爸爸顿时大笑起来，接着解释道："那是因为没有人用调音叉起调子。"

"查尔斯，"妈妈说，"现在已经有赞美诗选本了。"

"嗯，或许哪天我们能买几本。"爸爸说。

从那之后，他们每个星期天都去主日学校。三四次后，他们又见到了奥尔登牧师，又做了一次礼拜。奥尔登牧师住在东部自己的教堂里，离这儿很远，不是每个星期天都能来这里布道。他到西部是来传教的。

星期天再也不是冗长、无聊的日子了，因为他们可以去主日学校上课，也有话题可以聊。奥尔登牧师在的星期天总是最

令人高兴的，因为他总记得劳拉，劳拉有时候也会想起他。他把劳拉和玛丽叫作他的"乡村小姑娘"。

一个星期天，全家人坐在餐桌上谈论那一天的主日课，爸爸说："如果我要和一帮穿戴整齐的人有来往，那我得买双新靴子了，你们看。"

爸爸说着伸出脚，那双补过的靴子鞋头又裂开了。

她们透过靴子的裂缝，看到了爸爸红色的编织袜，鞋头的皮磨得很薄，在裂缝处卷了起来。爸爸说："再也没法补了。"

"哦，查尔斯，我早让你买双新靴子了，"妈妈说，"结果你买了印花棉布给我做裙子。"

爸爸下定决心，说："下星期六我进城就去买双新的。这要花三美元，不过我们还能维持到小麦收割前。"

那一整个星期，爸爸都在堆干草。之前他帮尼尔森先生堆好了干草，借来了尼尔森先生家锋利的割草机。爸爸说这种天气最适合堆干草，他从来没碰到过这样干燥晴朗的夏天。

劳拉讨厌去学校，她想和爸爸一起待在干草地里，看着神奇的割草机转动又长又锋利的割刀，咔嚓咔嚓割掉大片干草。

星期六的早上，劳拉坐着马车来到干草地里，帮爸爸收起最后一堆干草。父女俩站在干草地里，看着麦地，小麦已经长得比劳拉还高了。整齐的麦秆上长着沉甸甸的麦穗，压弯了麦秆。他们摘了三根又长又大的麦穗，带回家给妈妈看。

爸爸说，等收获了小麦后，他们就可以还清债务，还会有剩余的钱，到时候就可以买些东西了。爸爸要买一辆轻便马车，妈妈买一条丝绸裙子，大家都会有新的鞋子，而且每个星期天

都有牛肉吃。

吃完中饭，爸爸换上干净的衬衫，从小提琴盒子里取出了三美元。他要去城里买新靴子。他走路进城，因为两匹马已经干了一星期的活了，爸爸留它们在家里休息。

傍晚的时候，爸爸走回家来。劳拉看见他走上了草丘，立刻和杰克一起从梅溪的老螃蟹洞那儿跑上岸，几乎跟着爸爸的脚后跟跑进了屋子。

妈妈正在从烤炉里拿出星期六的烤面包，听见声响扭头一看。

"你的新靴子呢，查尔斯？"妈妈问。

"嗯，卡罗琳，"爸爸说，"我碰到了奥尔登牧师，他说他想在钟楼里安一个钟，但是没筹够钱，城里的人已经捐了能捐的钱了，可是牧师还缺三美元，我就把我那三美元给了他。"

"哦，查尔斯！"妈妈只说了这一句话。

爸爸低头看了看口子裂开的靴子。"我再修一修，"他说，"反正总是能把鞋面粘在鞋底上的。你知道吗，我们在这儿就能清楚地听见教堂的钟声。"

妈妈飞快地转身回到炉子旁。劳拉静静地走了出去，坐在台阶上。她的喉咙口有点哽咽，她多希望爸爸能穿上新靴子。

"没关系的，卡罗琳，"她听见爸爸说，"很快就能收割小麦了！"

飞来的蝗虫

小麦快到收割的时候了，爸爸每天都去麦地里看看。每天晚上他都要谈起小麦，给劳拉看又长又结实的麦穗。小麦壳里的麦粒越长越硬，爸爸说现在的天气小麦成熟得快。

"如果这样的天气持续下去，"爸爸说，"我们下周就可以收割麦子了。"

天气非常炎热。稀薄、高远的天空明亮极了，照得人睁不开眼。草原上涌起热浪，像一个烧得滚热的炉子。教室里，孩子们热得像蜥蜴一样喘气，黏稠的松脂沿着木板墙往下滴。

星期六的早晨，劳拉和爸爸一起去看麦子。麦子都快和爸爸一样高了。爸爸把劳拉举到肩膀上，让她眺望沉甸甸的、弯着腰的麦子。整个麦地透着金灿灿的光芒。

吃午饭时，爸爸跟妈妈讲小麦的长势。他说他从没见过这

样丰硕的庄稼。那块地能收获四十蒲式耳小麦，每蒲式耳小麦能卖一美元。他们马上就有钱了。这真是个肥沃的地方。很快他们就能想买什么买什么了。劳拉听着，心里想，这下子爸爸可以买新靴子了。

劳拉对着敞开的门坐着，阳光从门照进屋子。有什么东西好像把阳光挡住了，劳拉揉了揉眼睛，再仔细一瞧。光线越变越暗，最后被全遮住了。

"肯定是暴风雨来了，"妈妈说，"太阳被乌云遮住了。"

爸爸飞快地站起来跑到门口。暴风雨会摧残小麦的。他向外张望，然后走了出去。

天空非常奇怪，不像暴风雨来临前阴晴变幻莫测，空气也不像暴风雨来临前那样闷。劳拉感到了害怕，不知道这是怎么回事。

劳拉跑到爸爸身边，爸爸正抬头望着天空。妈妈和玛丽也出来了。爸爸问："你觉得是怎么回事，卡罗琳？"

一块云朵遮住了太阳，却不是他们平时见过的云朵。这块云像是由雪花组成的，但是比雪花大，每一片薄薄的，闪闪发亮。缝隙里闪烁着太阳的光芒。

没有风，草原一片寂静，热气一点也不流动。但是那块云却在天空中飞快地移动。杰克脖子上的毛竖了起来，突然，他朝那块云发出可怕的怪叫，接着时而连声嚎叫时而发出哀鸣。

扑通！一个东西砸在劳拉的脑袋上，又掉到了地上。她低头看见一只她从来没见过的巨大的蝗虫，接着巨大的褐色的蝗虫一个接一个掉在地上，砸到了她的头、脸和胳膊。蝗虫砰砰砰地落下，像下起了冰雹。

那块云在下蝗虫冰雹。那不是云，而是蝗虫。蝗虫挡住了太阳，把天空变得漆黑，薄薄的大翅膀一闪一闪，扇动时发出的声响充斥了整个天空。它们掉在地上，掉在房子上，像是在下冰雹，发出震耳欲聋的声音。

劳拉想把蝗虫赶走，可是它们的爪子紧紧抓住劳拉的皮肤和衣服，鼓着眼睛瞪着劳拉，还摇晃着脑袋。玛丽被吓得跑进了屋子。地上全是蝗虫，连站的地方都没了，劳拉不得不踩在蝗虫身上。蝗虫在劳拉脚下爬来爬去，但还是被踩扁了，流出黏稠的液体。

妈妈把屋子里的窗全关上了，爸爸站在前门后往外望，劳拉和杰克挨着他。蝗虫从天空中飞快地降落，厚厚地盖住地面。它们折叠着长长的翅膀，健壮的腿用力地四处跳跃。空气里都是哗啦啦的声响，房顶上像是在下冰雹。

接着劳拉听见了另一种声音，是由细小的啃咬的声响汇合成的响亮的声音。

"坏了，小麦！"爸爸大叫了一声，从后门冲出去，朝麦地跑去。

蝗虫在啃东西。一只蝗虫啃东西时的声音很细微，除非你把它拎起来，喂它草叶吃，仔细听才听得见。可是现在成千上万只蝗虫在啃东西，撕咬、咀嚼的声音听得一清二楚。

爸爸一路跑回到牛棚。透过窗户，劳拉看见爸爸把山姆和大卫套在马车上，然后飞快地把马粪堆里又脏又枯的干草叉到马车上。妈妈跑过去，拿起另一把叉子，和爸爸一起叉干草。然后爸爸把马车赶到麦地，妈妈跟在马车后面。

爸爸赶着马车一边绕着麦地走，一边把一小堆一小堆干草扔在地上。妈妈在干草堆旁弯下腰，接着干草堆上就升起了一缕烟，随风飘散开来。妈妈一堆接一堆地点火，劳拉一直盯着看，直到一股浓烟笼罩整片麦地，把妈妈、爸爸和马车全遮住了。

蝗虫还在从空中往下掉，光线昏暗是因为蝗虫遮住了太阳。

妈妈回到屋里，在单坡顶小屋里，她脱下裙子和衬裙，踩死从她身上掉下来的蝗虫。妈妈在麦地周围都点起了火，或许烟能阻止蝗虫吃小麦。

妈妈、玛丽和劳拉一声不吭地坐在关得紧紧的屋子里，里面闷热不透风。卡莉还太小，就算被妈妈抱在怀里，还一直哭，哭着哭着就睡着了。隔着墙壁传来蝗虫啃东西的声音。

太阳终于又露了出来。地上全是四处乱爬乱跳的蝗虫。它们啃着草丘上短短的嫩草，草原上高高的草丛摇晃着，垂下腰，然后倒了下去。

"哦，看哪！"劳拉站在窗口低声说。

蝗虫正在啃柳树，细细的柳树叶很快就被吃光，只剩下光秃秃的枝条。最后整个柳树变得光秃秃的，只有一大群蝗虫抓在树枝上。

"我不要看了。"玛丽说着离开了窗口。劳拉也不想看了，可是她又忍不住看。

母鸡很有趣。两只母鸡和它们笨拙的小鸡正拼命吃蝗虫。以前它们都要伸长了脖子，把头压得低低的，还不一定能啄住蝗虫。可是现在它们只要一伸脖子，立刻就能啄到一只蝗虫。

它们自己也觉得很惊讶，不停地伸直脖子拼命地啄，好像想要一下子把它们全吃进肚子里。

"好吧，我们不用给母鸡买饲料了，"妈妈说，"有失有得！"

绿色的菜地也一下子枯萎了。马铃薯、胡萝卜、甜菜和大豆都被吃了个精光。玉米秆上的长叶子也被吃光了，玉米穗和青色苞皮里的玉米嫩芽上全爬满了蝗虫。

面对这一切，大家都无能为力。

麦地里依旧弥漫着浓烟。劳拉有时候能模糊地看见爸爸在麦地里移动。他拨动燃烧的火堆时，浓烟升起，又把他遮住了。

到了去牵斑点回家的时候，劳拉穿上了长筒袜，披上了围巾。斑点正站在梅溪的浅河滩里，摆着身体，摇着尾巴。牛群在地洞那边哀戚地鸣叫。劳拉知道牛群没办法吃爬满了蝗虫的青草。如果蝗虫把青草全吃了，牛群就要饿肚子了。

劳拉的上衣上、裙子上和围巾上飞满了蝗虫，她不停地掸掉打在她脸上和手上的蝗虫。她的鞋子和斑点的蹄子嘎吱嘎吱地踩在蝗虫身上。

妈妈裹着围巾出来挤奶，劳拉帮妈妈一起挤。妈妈拿了一块布盖住桶，但是把奶倒进桶里时一定要掀起布头，这时蝗虫飞进了奶桶里。妈妈用锡杯把牛奶里的蝗虫舀掉。

她们的衣服上沾满了蝗虫，跟着进了屋子。有的跳到玛丽正在做饭的炉子上，妈妈盖住所有吃的，直到把屋里的蝗虫全赶了出去或者踩死。最后妈妈把地上的蝗虫扫起来，丢进了火炉里。

爸爸喂山姆和大卫吃草料后才回家吃晚饭。妈妈没问他麦地的情况。她只是笑着说："别担心，查尔斯，我们能过下去的。"

爸爸的嗓子有点嘶哑，妈妈说："再喝杯茶吧，查尔斯，茶水能清除喉咙里的烟灰。"

喝完茶，爸爸又带着一车干草和马粪回到麦地里。

劳拉和玛丽躺在床上，还听得见蝗虫啃啮的声音。劳拉觉得蝗虫的爪子在抓她，床上明明没有蝗虫，可是她就是觉得胳膊和脸颊痒痒的。黑暗中，她仿佛看见了蝗虫圆鼓鼓的眼睛和锋利的爪子。她不安地想了很久才睡着。

第二天早晨，爸爸不在楼下。一整个晚上，他守在麦地里焚烧干草堆，早饭也没回来吃，一直在麦地里忙。

整个草原变了个样。成片的草丛不再随风摇摆，而是倒在了地上。升起的太阳照耀着成堆倒下的青草，草原一下子变得粗糙不堪。

柳树光秃秃的，梅树丛也光秃秃的，只零星挂着几颗梅子。蝗虫吃东西时发出的啃咬撕扯的声音还在四周回响。

中午爸爸赶着马车从浓烟里出来了。他把山姆和大卫赶进畜棚后，慢慢地走回屋里。他的脸被烟熏黑了，眼睛也红了。他把帽子挂在门后的钉子上，坐到了桌边。

"没用的，卡罗琳，"爸爸说，"烟阻止不了它们。它们穿过烟雾掉下来，从四面八方跳进麦地。麦子全倒下了，它们像镰刀一样割断麦子，然后吃掉，连麦秆都不放过。"

爸爸趴在桌子上，把脸埋住了。劳拉和玛丽一声不响坐在旁边。只有卡莉坐在凳子上敲着勺子，伸出小手去够面包。她

还太小，什么都不懂。

"不要紧的，查尔斯，"妈妈说，"我们以前也遇到过困难。"

劳拉低头看着爸爸打了补丁的靴子，喉头哽咽，心想，爸爸又不能买新靴子了。

爸爸抬起了头，拿起了刀叉。他的脸在微笑，但是眼睛不再炯炯有神。

"别担心，卡罗琳，"他说，"我们已经尽力了，我们会度过灾难的。"

这时，劳拉想起来新房子的债还没还，爸爸说过等麦子收获了就能把债还了。

吃饭时大家都不说话。吃完饭，爸爸躺在地上睡着了。妈妈在爸爸头底下垫了一个枕头，然后把手指放在嘴唇上，让劳拉和玛丽不要出声。

她们把卡莉抱进卧室，让她玩纸娃娃，不让她吵闹。四周很安静，只有蝗虫啃咬的声音。

一天又一天，蝗虫一直在啃东西。它们吃光了小麦和燕麦，吃光了菜地里的菜和草原上的草——只要是绿色的东西全被它们吃光了。

"哦，爸爸，兔子可怎么办呢？"劳拉问，"还有可怜的小鸟？"

"朝四周瞧瞧，劳拉。"爸爸说。

兔子全离开了，吃草的鸟也飞走了，只剩下吃蝗虫的鸟。草原上母鸡正伸长了脖子把蝗虫吞进肚子里。

星期天到了，爸爸、劳拉和玛丽走路去主日学校。太阳明

亮炙热，妈妈说她和卡莉留在家里。爸爸让山姆和大卫留在阴凉的牛棚里休息。

很久没下雨了，梅溪干涸了，劳拉踏着河底的石头走到对岸。整个草原变得一片光秃秃、灰沉沉的。成千上万只蝗虫匍匐在草地上低声鸣叫。草原上见不到一点绿色了。

一路上，劳拉和玛丽一直在掸蝗虫。她们到达教堂时，衣服上全是蝗虫。她们提起裙子，拍掉蝗虫，才走进教堂。尽管她们已经非常小心了，可是她们漂亮的裙子上还是沾上了蝗虫吐出来的汁液。

这种污迹怎么也洗不掉，以后她们只能穿带褐色斑点的裙子了。

城里很多人不得不回东部了。克里斯蒂和卡西也要走了。劳拉跟她的好朋友克里斯蒂告别，玛丽跟她的好朋友卡西告别。

她们不能上学了，她们要把鞋子留着冬天穿，也不能光脚走在爬满了蝗虫的路上。学校本来也快要放假了。妈妈说，冬天她来教她们，免得春天开学时她们比其他同学落后。

爸爸帮尼尔森先生干活，然后借用了他的犁。爸爸开始犁那片光秃秃的麦地，准备明年再种上小麦。

蝗虫卵

　　一天，劳拉和杰克溜达到梅溪边。玛丽喜欢待在家里看书、在写字板上做算术题，但是劳拉厌倦了这些。不过，屋外的一切也糟糕透顶，勾不起她玩耍的兴致。

　　梅溪几乎干涸了，只有沙地里渗透出一点儿水。光秃秃的柳树也没法给独木桥遮阴了。光秃秃的梅树丛下，水干了，只剩下浮渣。老螃蟹也早就不见了。

　　干燥的土地很烫人，阳光炙烤着大地，天空呈现黄铜色。蝗虫呼啦啦的叫声听起来像是热浪滚动的声音。四周的味道再也不像以前那么清新了。

　　接着，劳拉看见了一件奇怪的事。草丘上，蝗虫一动不动地坐着，尾巴插在泥土里。就算劳拉戳它们，它们也一动不动。

　　劳拉把一只蝗虫从它坐的洞里拔出来，然后用棍子从洞里

挖出一个灰色的东西。它的形状像虫子，但是不会动。她不知道这是什么。杰克嗅了嗅，也纳闷起来。

劳拉开始朝麦地走去，她打算问问爸爸。但是爸爸不在犁地。山姆和大卫站在犁具旁，爸爸正走在没犁过的土地上，看着脚下的土地。然后劳拉看见爸爸走回到犁旁，把犁从沟里拔出来，然后带着空犁具，把山姆和大卫赶回牛棚。

劳拉知道一定有什么可怕的事发生了，不然爸爸是不会在上午停下活的。她飞快地跑到牛棚里，山姆和大卫已经进了各自的马厩，爸爸挂起汗淋淋的马具。爸爸走出牛棚，没朝劳拉笑。劳拉慢慢地跟在他身后走回到家里。

妈妈抬头看着他说："查尔斯，现在情况怎么样？"

"蝗虫在产卵，"爸爸说，"地里全是它们挖的洞，里面藏着它们产下的卵。你去门前看一看，卵埋在几英寸深的洞里。整个麦地里也都是，到处都是，密密麻麻，洞和洞之间连一个巴掌都放不下。你看这。"

爸爸从口袋里掏出一个灰色的东西，摊在手心里。

"这是一个蝗虫卵壳，我割开看了，里面有三十五到四十个卵。每个洞里都有这样一个卵壳，每平方英尺有八到十个洞。整片土地上全是。"

妈妈跌坐在椅子上，两手无力地耷拉在两边。

"明年想要收获庄稼比登天还难，"爸爸说，"等这些蝗虫卵孵出来，这里就一片绿叶子也不会剩了。"

"哦，查尔斯！"妈妈说，"我们该怎么办？"

爸爸瘫坐在长凳上说："我也不知道。"

　　玛丽趴在楼梯口，辫子垂在两侧。她焦虑地看了看劳拉，劳拉也抬头看了看她。玛丽一声不吭走下楼梯，靠在劳拉身边。

　　这时爸爸挺直了腰板，暗淡的眼睛突然闪烁着凶狠的光，不像劳拉平时见到的那样温和。

　　"但是我肯定，卡罗琳，"他说，"讨厌的蝗虫是不能把我们打倒的！我们要做点什么的！你等着瞧好了！不管怎么样我们都能挺过去的。"

　　"是的，查尔斯。"妈妈说。

　　"怎么会做不到呢！"爸爸说，"我们很健康，头上有屋顶遮风避雨，我们比很多人生活得好。我们早点吃饭，卡罗琳，我要进城，找活干，你不要担心！"

　　爸爸进城后，妈妈、玛丽和劳拉开始为爸爸准备一顿精致的晚餐。妈妈煎了一锅酸奶，做成了白软干酪丸子。玛丽和劳拉把煮熟的马铃薯切成片，妈妈给马铃薯片加了调味料。晚餐还有面包、黄油和牛奶。

　　接着她们洗了头发，梳成辫子，还穿上了最漂亮的裙子，系上了发带。她们给卡莉穿上了白色的裙子，帮她梳头发，给她戴上了印第安珠子穿成的项链。她们耐心等着爸爸走上爬满了蝗虫的草丘。

　　全家人吃了一顿愉快的晚餐。所有东西吃光后，爸爸把盘子推回去，说："嗯，卡罗琳。"

　　"怎么了，查尔斯？"妈妈问。

　　"我想到了一个办法，"爸爸说，"明天早上我就去东部。"

"哦，查尔斯！这可不行！"妈妈叫出了声。

"没事的，卡罗琳。"爸爸说。他又对劳拉说"别哭"，劳拉忍住了眼泪。

"回到东部，那里正好是收获的季节，"爸爸对她们说，"蝗虫灾害只会波及往东一百英里的地方，再往东就有庄稼了。在那里找得到活干，西部的男人都去那里找活了。我得赶紧去了。"

"如果你觉得这是最好的办法，"妈妈说，"那么我和姑娘们会照顾好自己的。可是，哦，查尔斯，路实在是太远了。"

"看你说的！几百英里算什么！"爸爸说，但是他瞥了一眼脚上的破靴子。劳拉知道爸爸在想这双靴子能不能撑到目的地。"几百英里根本就是小菜一碟！"爸爸说。

然后爸爸从琴盒里拿出了小提琴，借着夕阳拉了很久。劳拉和玛丽挨在爸爸身边，妈妈在一旁哄卡莉睡觉。

爸爸拉了一曲《迪克西南》和《同胞们，我们要团结起来》，接着拉了《当蓝色帽子跨过边境》，还唱着：

> 哦，苏珊娜，别为我哭泣！
> 我要到加利福尼亚去，
> 还带着心爱的淘金盆！

爸爸还弹奏了《英勇的苏格兰人，万岁、万岁！》和《让我们珍惜生命》。最后爸爸收起了小提琴，他要早点睡觉，明天还要早起赶路。

"替我保管好我的小提琴，卡罗琳，"爸爸说，"它给了我信念。"

第二天黎明吃完早饭后，爸爸一一与她们亲吻后离开了家。换洗的衬衫和袜子卷在工装里，挂在肩头。过梅溪前，爸爸停下脚步，回头朝她们挥挥手，然后继续赶路。之后他再也没有回头，直到身影消失在视野中。杰克紧紧挨在劳拉身旁。

爸爸远去后，她们还呆呆地站在原地。然后妈妈打起精神说："姑娘们，现在开始我们要照管好一切了。玛丽和劳拉，你们把奶牛牵到牛群那里。"

妈妈抱着卡莉飞快地进了屋，劳拉和玛丽去把斑点从牛棚牵出来，赶到小溪那里。草原上的草已经没了，饥饿的牛群只能溜达到梅溪边，吃点柳树芽、梅树枝和去年夏天剩下的一点枯草。

下雨了

爸爸走之后，一切变得枯燥乏味。劳拉和玛丽不敢掐手指算爸爸哪天能回来，她们只想起爸爸穿着那双打满补丁的旧靴子越走越远的情景。

杰克已经是一只大狗了，它的鼻子变成了灰色。它常常看着爸爸离家时走的那条空旷的小路，叹一口气，趴在地上盯着路面看，但是它并不指望看见爸爸回家来。

炙热的天空下，空荡荡光秃秃的草原一片死寂，时不时一阵尘土随风扬起，草原的边际线远远看去像一条蛇在爬。妈妈说，那是空气里的热浪引起的。

只有家里还算阴凉。柳树和梅树都没了叶子，梅溪也干涸了，只有水潭里还有一点儿水。井也干了，地洞边的那眼泉水只剩下几滴水了。妈妈在泉水下放了一只桶，接夜里滴下来的

泉水。早上妈妈去把水桶拎回来，再放上另一只桶。

早上的活干完后，妈妈、玛丽、劳拉和卡莉坐在家里，听着灼热的风呼啦啦地吹过，饥饿的牛群不停地哀鸣。

斑点瘦了，髋骨耸了出来，肋骨也凸了起来，眼窝深深地陷了下去。每天它都和其他牛一起哞哞叫，寻找能吃的东西。它们吃光了溪边的灌木，啃掉了够得到的柳树枝。斑点挤出来的奶越来越少，也有了苦味。

山姆和大卫站在牛棚里，也吃不饱，因为干草堆要维持到明年春天。劳拉牵着它们进入干涸的小溪，来到水潭旁，它们把鼻子拱进飘满浮渣的泥水里。它们不得不喝脏水，牛和马也要艰难地活下去。

星期六傍晚，劳拉去尼尔森家看看有没有爸爸的来信。她走过独木桥，沿着小路往前走。小路径直通到尼尔森家，可是路两旁没了优美的风景。

尼尔森先生家的房子又长又矮，木板漆成了白色。又长又矮的草皮牛棚上盖着一个厚厚的干草棚顶。他们家的房子和牛棚和爸爸盖的不一样，房子和牛棚靠着草原的一个斜坡，紧紧贴在地面上，一眼就看出挪威人的风格。

屋子里干净明亮。大床上铺着蓬松的羽毛被，枕头也鼓鼓囊囊的。墙上挂着一幅漂亮的画，画着一位穿蓝色裙子的姑娘。画框是镀金的，画上盖了一块粉色的蚊帐布，把蚊子挡在外面。

爸爸没有来信。尼尔森夫人说她会让尼尔森先生下周六再去邮局问一问的。

"谢谢您，夫人。"劳拉说完，然后匆匆忙忙地往回走。她

慢慢地走过独木桥，慢慢地走上草丘。

妈妈说："没事的，姑娘们，下周六肯定会来信的。"

可是下一个周六还是没有信。

她们没再去主日学校了。卡莉走不了远路，妈妈抱着她也太沉了，劳拉和玛丽要把鞋子留着，她们又不能光脚去主日学校，万一把鞋子穿坏了，冬天就没鞋子穿了。

所以星期天，她们会穿上最漂亮的衣服，但是不穿鞋，也不系发带。玛丽和劳拉念《圣经》里的诗给妈妈听，妈妈读《圣经》里的故事给她们听。

一个星期天，妈妈给她们念《圣经》里的关于蝗虫灾害的一个片段。妈妈读道：

"蝗虫爬上了埃及的土地，栖息在埃及每一条海岸线上，它们给埃及造成了严重的损失。它们覆盖了整片土地，大地变成了一片焦黑；它们吃光了土地上的每片草叶，吃光了冰雹过后树上仅剩的果实；整个埃及的土地上、树上，见不到一丝绿意，地里见不到一片绿叶。"

劳拉知道《圣经》里的故事是真实的。她反复念这个片段的时候，心里想：整个明尼苏达州也见不到一丝绿意了。

然后妈妈给她们读上帝对好人的允诺："带领他们离开那片灾难的土地，前往一个流淌着牛奶和蜂蜜的幸福之地。"

"哦，那个地方在哪里呢，妈？"玛丽问。劳拉也问："土地上怎么流淌牛奶和蜂蜜呢？"她可不想走在牛奶和黏稠的蜂蜜里。

妈妈把《圣经》放在膝头，想了想说："嗯，你们的爸爸觉

得明尼苏达州就是这样的一个地方。"

"怎么会呢?"劳拉问。

"也许是的,只要我们坚持下去,"妈妈说,"如果这片土地上的奶牛能吃到草,就能产奶,那么这片土地就能流淌牛奶了。蜜蜂能在这片土地上的野花丛里采花蜜,那么这片土地上就流淌着蜂蜜了。"

"哦,"劳拉说,"幸好我们不用走在牛奶和蜂蜜里。"

卡莉举起小拳头敲打《圣经》,哭着叫:"好热啊!好痒啊!"妈妈把她抱起来,但是她推开妈妈呜咽着说:"你身上好热!"

可怜的小卡莉身上全是红色的疹子。劳拉和玛丽裹着胸衣、内裤、衬裙、长袖高领裙子,还系着腰带,热得直冒汗;后脖颈上耷拉着辫子,也闷热得要命。

卡莉要喝水,可是给她水喝时却推开了杯子,做了个鬼脸说:"不要热水!"

"你最好喝了,"玛丽说,"我也想喝凉水,但是现在没凉水。"

"要是能喝口井水就好了。"劳拉说。

"要是有根冰柱就好了。"玛丽说。

劳拉又说:"我要是印第安人就好了,就不用穿衣服了。"

"劳拉!"妈妈说,"今天是礼拜日,不许胡说。"

劳拉想:嗯,我真不想穿衣服!屋子的木板散发出热气,木板中间的缝隙里黏稠的松脂在往下滴,掉在地板上结成黄色的珠子。热风哗啦啦地不停地刮着,牛群也不停地哞哞叫着。

杰克侧躺在地上，长长地叹气。

妈妈也叹了口气说："我什么也不要了，只要一口凉风。"

就在这时，一阵凉风吹进了屋里。卡莉不再哭闹了，杰克抬起了头。妈妈说："姑娘们，你们——"接着又吹来了一阵凉风。

妈妈穿过单坡小屋，来到了屋后面的阴凉处。劳拉跟在她后面，玛丽带着卡莉也跑了出去。屋外热得像一只烤炉，灼热的空气炙烤着劳拉的脸蛋。

西北方的天际有一片云，在硕大黄铜色的天空下显得十分渺小，但是那的确是一片云，在草原上投下了一片阴影。阴影似乎在移动，但是也许只是热浪在移动。哦，不对，是那片云在动，而且越来越近了。

"哦，下雨吧，下雨吧！"劳拉默默地喊。她们用手遮着眼睛，抬头看那片云和云的阴影。

云越飘越近了，也越变越大，在草原上方变成黑压压的一长条云块。云的边沿翻涌膨胀。这时又吹来了一股凉风，夹杂着一股更热的气流。

草原上方席卷起一股沙尘，狂放不羁地漫天飞舞。太阳依旧炙烤着屋子、牛棚和干裂的土地。云朵的阴影移到了远处。

突然，一道锯齿状的白光划破天空，一道灰色的雾帘从云块里落下，遮住了天空。雨滴落了下来，接着轰隆隆的雷声响了起来。

"离这里还很远，姑娘们，"妈妈说，"恐怕下不到我们这儿，不过总算凉快点了。"

　　热风里总算有了一丝凉意，带来雨的气息。

　　"哦，说不定能下到我们这里，妈妈！会过来的。"劳拉说。她们心里都在祈求："下雨吧，下雨吧！"

　　风越吹越凉，慢慢地云的阴影越变越大，整个云块布满了天空。突然一块阴影冲过平地冲上草丘，紧接着就下起雨来。雨滴落在草丘上像是有无数只小脚在踏步，雨珠落在屋顶上，落在妈妈、玛丽、劳拉和卡莉的身上。

　　"快进屋！"妈妈大声喊叫。

　　雨打在单坡屋顶上噼啪响。凉风穿过小屋吹进令人窒息的屋子里。妈妈打开了前门，拉开窗帘，打开了所有的窗户。

地上升腾起一股难闻的味道，不过雨水倾盆而下，很快把气味冲走了。雨点打在屋顶上像是擂起了鼓点，雨水沿着屋檐往下流，冲刷走空气里的热气，让它重新有了清新的气息。清新的空气冲进屋子里，带走了劳拉浑身的热气，让她整个人舒坦了。

泥泞的雨水快速地流淌在干燥的地面上，填进裂开的地缝里，打着漩涡流进蝗虫卵的洞里，留下一摊柔滑的泥浆。天空中电闪雷鸣。

卡莉拍着手欢呼着，玛丽和劳拉高兴地跳起了舞。杰克摆着尾巴、蹦蹦跳跳，像只幼犬，它趴到每扇窗口眺望屋外的雨。突然雷声大震，它朝天空吠叫，像是在说："我才不怕你呢！"

"雨肯定要下到傍晚。"妈妈说。

快到傍晚时，那一片雨云飘走了。它飘过梅溪，飘过草原，向东移去，只剩下零星几滴雨珠在夕阳照射下飘落，闪闪发亮。然后云变成了紫红色，在晴朗的天空中卷起了金边。太阳落山了，星星爬上了天幕，空气很凉爽，大地湿漉漉的，久旱逢甘霖。

劳拉只有一个愿望，就是爸爸在身边。

第二天，炙热的太阳又照常升起。天空又是一片黄铜色，风也热得灼人。但是夜晚来临前，细细的草芽钻出了地面。

过了几天，褐色的草原上出现了一抹绿色。雨水落下的地方小草长出来了，饥饿的牛群在那里吃草。每天早晨，劳拉把山姆和大卫拴在拴马索上，带它们去草地上吃嫩嫩的青草。

牛群不再哀鸣，斑点也渐渐长壮了，产的奶也比以前多，而且又香又甜。草丘又披上了一片绿色，柳树和梅树上长出了嫩叶。

爸爸的来信

一整天劳拉都在想念爸爸，到了晚上，风寂寞地刮过黑漆漆的草原时，她觉得心里空荡荡的，难受得紧。

一开始，她时不时跟妈妈提起爸爸，她想知道到爸爸已经走了多远了，爸爸的旧靴子还能坚持住吗。后来她不再跟妈妈提起爸爸了。妈妈一直在想念爸爸，但是她放在心里不说，甚至不去数离星期六还有几天了。

"时间会过得飞快的，"妈妈说，"如果我们去想点别的事的话。"

星期六一整天，她们都希望尼尔森先生在城里的邮局找到爸爸的信。劳拉和杰克在草原小路上走了长长的一段路，在那里等着尼尔森先生的马车。蝗虫把所有东西都吃光了，现在它们要飞走了，不像来时那样聚集成一大片，而是三三两两地飞

走，但是蝗虫总数还是不计其数。

爸爸还是没有来信。"没关系，"妈妈说，"一定会有的。"

劳拉两手空空、慢慢地走上草丘的时候，她想："如果一直没有信来怎么办？"

她让自己不再去想，可是还是忍不住。一天她看着玛丽，知道玛丽也在想这件事。

那天晚上，劳拉再也忍不住了。她问妈妈："爸爸会回来的，是吗？"

"当然了，爸爸肯定会回来的。"妈妈大声回答。但是劳拉和玛丽明白，妈妈也在担心爸爸遇到了什么意外。

说不定他的靴子坏了，他不得不赤脚赶路；说不定他被牛群撞伤了；说不定他被一列火车撞伤了；他没带枪，说不定被狼吃了；说不定在晚上漆黑的树林里，一头豹子从树上蹿下来压在了他身上。

接下来的那个星期六的下午，劳拉和杰克正赶去等尼尔森先生，她看见尼尔森先生正从独木桥上走过来，手里拿着白色的东西。劳拉飞也似的跑下草丘。白色的东西是一封信。

"哦，谢谢你，谢谢你！"劳拉叫道，说完她飞快地跑回屋里。妈妈正在帮卡莉洗脸，她颤抖着用湿漉漉的手接过信，坐了下来。

"是爸爸寄来的。"妈妈说。她颤抖着手，艰难地从头发上取下一根发簪，用它拆开信封，取出信，把信打开，里面夹着一张纸币。

"爸爸没事。"妈妈说着抓起围裙捂住脸哭了。

　　过了一会儿，妈妈抬起泪水涟涟的脸，又开心地笑了。她一边擦眼泪一边念信给玛丽和劳拉听。

　　爸爸走了三百英里才找到工作。现在他在麦地里干活，一天能挣一美元。他给妈妈寄了五美元，给自己留了三美元买新靴子。他那里庄稼收成很好，如果妈妈和姑娘们一切安好的话，他就留在那里等活干完。

　　她们很想念爸爸，也盼着他回家，但是他现在很安全，而且买了新靴子了，她们已经觉得很开心了。

黎明前的黑暗时光

风越刮越凉了，中午的太阳也没那么炙热了。早晨有了寒意，蝗虫也变得虚弱，躲到阳光里取暖。

一天清晨，一场浓霜覆盖了大地，像是给一切披上了毛茸茸的毯子。劳拉的光脚丫踩在上面冰凉冰凉的。她看见无数只蝗虫一动不动地坐着。

几天后，一只蝗虫也看不见了。

冬天快来了，爸爸还没回来。风声越来越凄厉，不再是飕飕地刮，而是呼啸着怒吼着。天空灰沉沉的，下了一场灰蒙蒙的冷雨。雨变成了雪，爸爸还是没有回来。

劳拉出门时不得不穿鞋子了。鞋子硌得她脚疼，她不知道为什么。这双鞋子以前从来不硌脚的。玛丽的鞋子也硌脚。

爸爸砍的木柴用光了，玛丽和劳拉去捡散落的木片。她们

从结冰的地面上撬起最后一块木片时，鼻子和手指都快冻僵了。她们裹紧了围巾，去柳树底下捡拾能生火的小枯枝。

一个下午，尼尔森夫人来访，还带了她的宝宝安娜。

尼尔森夫人长得丰满漂亮，头发和玛丽的一样是金灿灿的，蓝色的眼睛，笑起来的时候露出两排洁白的牙齿。劳拉喜欢尼尔森夫人，但是她不喜欢见到安娜。

安娜比卡莉大一点，但是她一点儿也听不懂劳拉和玛丽说的话，她们也听不懂她说的话。她说的是挪威语，所以和她玩一点儿乐趣也没有。夏天时，尼尔森夫人带着安娜来家里，她们就跑到小溪去玩。可是现在外面天寒地冻，她们不得不待在温暖的屋子里陪安娜玩。妈妈是这么嘱咐她们的。

"好了，姑娘们，"妈妈说，"去把你们的娃娃拿出来，陪安娜玩。"

劳拉拿出了盒子，里面装着妈妈用包装纸剪的纸娃娃。她们坐在地板上玩，挨着敞开的烤炉门口。安娜看见纸娃娃高兴地笑了。她把手伸进盒子里，拿起一个女娃娃，立刻把她撕成了两半。

劳拉和玛丽被吓坏了，卡莉瞪大了圆眼睛。妈妈和尼尔森夫人在说话，没有注意安娜正在挥舞撕成两半的纸娃娃，咯咯咯地笑。劳拉盖上了纸娃娃盒子的盖子，但是没多久，安娜就玩腻了撕坏的娃娃，非要另一个。劳拉不知道该怎么办，玛丽也没办法。

安娜得不到想要的就会号啕大哭。她还小，需要有人陪着，一定不能惹她哭。可是如果她拿了纸娃娃，又会把它撕了。接着玛丽低声说："给她夏洛特，她是撕不坏夏洛特的。"

劳拉飞快地跑上楼梯，玛丽哄着安娜。亲爱的夏洛特正躺在屋檐下的箱子里微笑着，她长着红红的纱布嘴唇和鞋扣做的眼睛。劳拉小心翼翼地把她抱出来，梳理她波浪一样的黑头发，抚平她的裙子。夏洛特没有脚，手也只是缝在手臂上，因为她是一个碎布娃娃。不过劳拉很爱她。

很久以前在威斯康星州的大森林里，有一个圣诞节早晨，夏洛特成了劳拉的宝贝。

劳拉抱着夏洛特下楼来，安娜朝她大喊大叫。劳拉把夏洛特小心地放在安娜的怀里，安娜紧紧地抱住夏洛特，但是拥抱是不会弄伤夏洛特的。劳拉担心地看着安娜，她一会儿拉一拉夏洛特的鞋扣眼睛，一会儿扯一扯波浪头发，甚至还把她放在地板上敲。但是安娜没有弄伤夏洛特。劳拉想，等安娜走了，只要把夏洛特的裙子和头发整理一下就行了。

终于，漫长的做客要结束了。尼尔森夫人准备带安娜回家了。接着一件糟糕的事情发生了。安娜不肯放下手里的夏洛特。

她大概是把夏洛特当成自己的了，或者是告诉了她妈妈，劳拉已经把夏洛特送给她了。尼尔森夫人朝她们微笑。劳拉想要拿回夏洛特，但是安娜吼叫起来。

"我要我的娃娃！"劳拉说。但是安娜紧紧抓着夏洛特，又踢又叫。

"你羞不羞，劳拉，"妈妈说，"安娜还小，需要玩具。你已经大了，不用再玩玩具娃娃了。把夏洛特送给安娜吧。"

劳拉只好听妈妈的话。她站在窗口，看着安娜蹦跳着跑下

草丘，一只手里挥舞着夏洛特。

"你羞不羞，劳拉，"妈妈又说，"你这样乖的女孩子，怎么还为一个碎布娃娃生气。好了，别生气了。你又不需要那个娃娃，你现在都不玩她了。可不能自私啊。"

劳拉静静地爬上阁楼，坐在床旁的箱子上。她没哭，但是她觉得心里在流泪。夏洛特没了，爸爸也不在家，夏洛特的盒子空空的。风吹过屋檐，发出呼呼的声音。一切都显得空旷、冰冷。

"对不起，劳拉，"那天晚上妈妈对她说，"我要是知道你那么在乎那个娃娃，我就不会让你送人了。但是我们不能总想着自己，想想你让安娜玩得多开心啊！"

第二天早上，尼尔森先生送来一马车他帮爸爸砍的木头。他干了一整天，帮妈妈劈柴，家里的木柴堆又堆得高高的了。

"你看，尼尔森先生对我们多好，"妈妈对劳拉说，"尼尔森一家人是我们的好邻居。你把娃娃送给了安娜，你不是应该感到高兴吗？"

"是的，妈妈。"劳拉说。但是她的心里还在为爸爸和夏洛特哭泣。

冷雨又下了起来，地上结了冰。爸爸没再来信。妈妈说他一定是在回家的路上。晚上劳拉听着风声，心想爸爸走到哪里了。早上，木柴堆上常常积满了雪，但是爸爸还是没有回来。每到星期六下午，劳拉就穿上长筒袜和鞋子，裹上妈妈的长围巾，去尼尔森家。

她敲了敲尼尔森家的门，问尼尔森先生有没有爸爸的信。

她不愿意进屋，因为她不想看见她的夏洛特。尼尔森夫人说还没有来信，于是劳拉谢了谢后回家了。

一天下起了暴风雨，劳拉在尼尔森家的谷仓前发现了一个什么东西。她一动不动地站着仔细观察，结果认出了是夏洛特。她被扔在一个水坑里，已经冻僵了。安娜居然把夏洛特扔掉了。

劳拉几乎不想走到他们家门口，不想和尼尔森夫人说话。尼尔森夫人说天气太糟糕了，尼尔森先生还没进城，但是下星期他肯定会去城里的。劳拉说了声"谢谢，夫人"，然后转身离开了。

雨夹雪打在夏洛特的身上。安娜已经把她扯得乱七八糟，漂亮的卷发被扯得松松垮垮，微笑的纱布嘴唇也被撕坏了，脸颊上全是血红色的，一颗鞋扣眼睛也不见了。不过她的确是夏洛特。

劳拉把她从泥里拔出来，裹在围巾里，冒着狂暴的风雪一路狂奔回家。妈妈看见劳拉时吓了一跳。

"怎么样？怎么样？快告诉我！"妈妈说。

"尼尔森先生没进城，"劳拉回答，"不过，哦，妈妈——看！"

"这是什么？"妈妈问。

"是夏洛特，"劳拉说，"我——我把她偷回来了，我才不管呢，妈妈，我不管是不是偷回来的。"

"好了，好了，别激动，"妈妈说，"过来告诉我这是怎么回事。"然后她坐在摇椅里，拉过劳拉，让她坐在她膝盖上。

劳拉说完后，她们觉得劳拉把夏洛特带回来并没有错。夏洛特受了折磨，是劳拉救了她，妈妈答应一定让夏洛特变得和原来一样新一样漂亮。

妈妈拆下夏洛特头上被扯坏的头发、小嘴巴、剩下的一只眼睛和脸颊。她们让夏洛特身体里的冰融化，拧干了里面的水，然后妈妈把她洗得干干净净，又给她上了一遍浆、熨烫好。劳拉从碎布袋里选了一块浅粉色的新布头做娃娃的脸，还选了新的纽扣做眼睛。

那天晚上，劳拉上床前把夏洛特放进盒子里。夏洛特又香又干净，红红的嘴巴微笑着，黑黑的眼睛闪闪发亮，金褐色的头发辫成了两根小辫子，系着蓝色的蝴蝶结。

劳拉依偎着玛丽在拼布被子底下睡着了。风呼啸而过，雨夹雪敲打着屋顶。劳拉和玛丽冷得用被子蒙住了头。

突然，一声可怕的撞击声惊醒了她们。屋子里黑漆漆的，她们吓得躲在了被子底下。接着她们听见楼下响起一个响亮的声音："我错了，我把手里的木头弄掉了！"

妈妈笑着说："你是故意的，查尔斯，想把姑娘们吵醒！"

劳拉尖叫着从床上跳起来，尖叫着冲下楼梯。她跳进了爸爸的怀里，玛丽也是。接着屋子里响起一阵说话声、欢笑声和蹦蹦跳跳的声音！

爸爸的蓝眼睛闪闪发光，头发竖着，脚上穿着崭新的完好的靴子。他从明尼苏达州东部出发，走了两百英里，又连夜冒着暴风雪从城里走回来。现在他就在她们面前。

"你们羞不羞，姑娘们，穿着睡衣就跑出来了！"妈妈说，"快去换衣服，早饭快好了！"

她们飞快地换好衣服，跌跌绊绊地跑下楼梯，拥抱爸爸，然后洗完手和脸后又拥抱了一下，梳好头发后再拥抱了一下。杰克摆着尾巴绕圈，卡莉用勺子敲打桌子唱："爸爸回来了，爸爸回来了！"

最后，一家人坐在了桌边。爸爸说他忙得没空写信。他说："他们让我们从早到晚在打谷机边忙活，一到能回家了，我就立刻动身，没来得及写信回来。我也没买礼物，不过我带钱回来了，可以拿钱去买。"

"你带给我们的最好礼物就是你回来了，查尔斯。"妈妈说。

吃完早饭，爸爸去看牲口。她们跟着他一起去，杰克也跟在脚后。爸爸看到山姆、大卫和斑点身体健壮，很高兴。他说他自己都没办法把一切照料得这么好。妈妈说玛丽和劳拉是她的好帮手。

"哎呀！"爸爸说，"回家的感觉真好！"接着他问："你的脚怎么啦，劳拉？"

劳拉高兴得忘了鞋子硌脚了。如果她记得的话，走路就不会一瘸一拐的了。她回答："我的鞋硌脚，爸爸。"

回到屋里，爸爸坐在椅子上，把卡莉抱在膝头，然后弯腰去摸劳拉的脚。

"哎哟！我的脚趾头真疼！"劳拉叫道。

"我想你的脚是被夹疼了！"爸爸说，"去年冬天起你的脚就长大了不少。你的呢，玛丽？"

玛丽说她的脚趾头也被夹得很疼。

"把你的鞋脱掉，玛丽。"爸爸说，"劳拉，你穿上玛丽的鞋。"

劳拉穿上了玛丽的鞋子就不夹脚了，而且鞋子完好无损，一个破洞也没有。

"我给它们上点油，又会看起来像双新鞋了，"爸爸说，"玛丽要买双新鞋了，劳拉可以穿玛丽的鞋，劳拉的鞋等卡莉长大了穿，她要不了多久就能穿了。好了，还缺什么，卡罗琳？想一想我们还需要什么，需要什么就买什么。我套好马车，我们就一起进城去！"

进　城

　　接着他们忙活了一阵，穿上了最漂亮的冬衣，裹上了外套和围巾，然后爬上了马车。阳光明媚，冰冷的空气还是冻坏了他们的鼻子。雨夹雪在被冻得硬邦邦的地面上闪闪发亮。

　　爸爸坐在马车座上，妈妈和卡莉紧紧挨着他。劳拉和玛丽紧紧裹着围巾，蜷缩在车厢里的毯子上。杰克蹲在门口，看着他们远去，它知道他们很快就会回来的。

　　就连山姆和大卫似乎也知道，现在爸爸回来了，一切都好起来了。它们轻快地迈着步子，直到爸爸吁了一声，然后把它们拴在芬奇先生商店门前的拴马柱上。

　　爸爸先是付了芬奇先生一部分盖房子买的木板的债，然后他付了他不在家时尼尔森先生给妈妈送去的面粉和白糖的钱，然后爸爸数了数剩下的钱，和妈妈一起给玛丽买了双鞋。

崭新的鞋子穿在玛丽的脚上闪闪发亮，劳拉觉得不公平，玛丽是老大，她穿剩的旧鞋子劳拉总能穿，劳拉永远也没有新鞋子穿了。然后妈妈说："好了，现在要给劳拉买条新裙子了。"

劳拉立刻冲到柜台旁妈妈身边。芬奇先生取下了几匹漂亮的羊毛布料。

去年冬天，妈妈把劳拉的冬衣改大了，可是今天冬天，那件衣服还是小了，而且因为衣服太紧了，胳膊肘的地方被磨出了洞。妈妈把破洞补好了，看不出补丁的痕迹，但是劳拉穿着实在太紧太小了。不过，她做梦也没想到自己会有一件新衣服。

"你觉得这匹金褐色的法兰绒布怎么样，劳拉？"妈妈问。

劳拉激动得说不出话来。芬奇先生说："我保证这布料很耐磨。"

妈妈把一些窄窄的红穗带放在金褐色的法兰绒布上，说："我想在领口、袖口和腰上镶上三条这种穗带。你觉得怎么样，劳拉？会很漂亮吧？"

"哦，是的，妈妈！"劳拉回答。她抬起头，正好看见了爸爸明亮的蓝眼睛。

"买吧，卡罗琳。"爸爸说。于是芬奇先生裁下了那匹漂亮的金褐色法兰绒布和红色的穗带。

接着要给玛丽买新衣服了，但是芬奇先生店里的她都不喜欢。于是他们穿过街道来到奥雷森先生的商店，在那里他们看见了深蓝色法兰绒布和窄窄的金色穗带，那是玛丽喜欢的。

玛丽和劳拉看着奥雷森先生裁布，这时内莉·奥雷森走了进来，披着一条毛皮披肩。

"你们好！"她跟她们打招呼，并轻蔑地瞟了一眼蓝色法兰绒布。她说乡下姑娘穿这种布最合适。然后她转身炫耀自己的披肩，说："看看我的披肩！"

她们看着她的披肩，内莉问："你希望你也有一条毛皮披肩吧，劳拉？可是你爸爸买不起，你爸爸不是商店老板。"

劳拉恨不得扇内莉一个巴掌，她愤怒得说不出话来，背对着她。内莉笑着离开了。

妈妈在买保暖的布给卡莉做斗篷。爸爸在买菜豆、面粉、玉米片、盐、糖和茶叶。接下来，他还要去灌煤油灯、去邮局。办完这些事情已经是下午了，他们还没出城天就变冷了。于是爸爸赶着山姆和大卫飞快地奔回家。

吃完晚饭、洗完碗、收拾完后，妈妈打开包裹，她们津津有味地欣赏起漂亮的布匹来。

"我会尽快把你们的裙子做出来的，姑娘们，"妈妈说，"因为现在爸爸回来了，我们又要去上主日学校了。"

"你给你自己买的那件印花丝料呢，卡罗琳？"爸爸问妈妈。妈妈脸唰的一下子红了，把头低下去。爸爸看着她问："你是说你没买？"

妈妈朝他眨了眨眼睛说："那你的新外套呢，查尔斯？"

爸爸有点不自然。"我知道，卡罗琳，"他说，"不过明年那些蝗虫卵孵出来后，庄稼就种不了了，也许要过很长一段时间、等到来年丰收，我才能找到工作。我的旧外套够穿了。"

"我的旧裙子也够穿。"妈妈微笑着说。

晚饭后，天黑了，油灯点亮了。爸爸从盒子里拿出了小提

琴，温柔地调准音。

"我真想念我的小提琴。"他一边看着她们一边说。接着他开始弹奏了。他拉了一曲《当乔尼大踏步回家来》、《甜美的小姑娘、漂亮的小姑娘、被我留在家乡的小姑娘》。他又一边拉琴一边唱《我的肯塔基故乡》、《斯旺尼河》。然后她们和他一起唱了起来：

> 我们行过千山万水，饮过玉液琼浆，
> 那个质朴的家，却是心中永恒的殿堂。

圣诞惊喜

又是一个没怎么下雪的温和的冬天，又是蝗虫天。不过刺骨的寒风依然刮着，天空灰蒙蒙的。对小姑娘们来说，最好的地方依然是温暖的家里。

爸爸一整天都在屋外，他把木头拖回家，然后劈成能进火炉烧的柴火。他沿着结冰的梅溪走，一直走到无人居住的上游，然后沿着河岸设下陷阱，捕捉麝鼠、水獭和水貂。

每天早上，劳拉和玛丽学习课本、在写字板上做算术题。每天下午，妈妈听她们念书。她夸她们是认真学习的小学者，她相信等她们再上学的时候一定能赶上其他同学。

每个星期天，他们都去主日学校。有一次，劳拉看见内莉·奥雷森在炫耀她的毛皮披肩，她想起内莉说过的鄙视爸爸的话，顿时怒火中烧。她知道愤怒是邪恶的，她知道她应该原

谅内莉，不然她就成不了天使。她努力地回想家里那本纸封皮的《圣经》里漂亮的天使图画。可是天使都穿着长长的白色袍子，没有哪个天使是穿毛皮披肩的。

有一个星期天她们特别高兴，因为那天奥尔登牧师从明尼苏达州东部来到西部的这个教堂布道。他讲了很长一段时间，劳拉一直盯着他温和的蓝眼睛和晃动的胡须。她希望礼拜做完后他能和她说会儿话。他的确和她说话了。

"哦，这是我的乡村小姑娘，玛丽和劳拉！"他说。他记得她们的名字。

劳拉那天穿上了新裙子。裙子很长，袖子也很长。这让她外套的袖子显得短了，不过袖口上的红色穗带的确漂亮。

"多漂亮的新裙子啊，劳拉！"奥尔登牧师说。

那一天劳拉几乎都原谅内莉了。接下来的几个星期天，奥尔登牧师都待在东部他自己的教堂里。主日课时，内莉又对劳拉摆出不屑一顾的姿态，还在毛皮披肩下抖动肩膀。劳拉的心里又升起一股怒火。

一天下午，妈妈说今天下午不用做功课，因为她们要准备晚上进城去。劳拉和玛丽惊讶极了。

"但是我们从来没有晚上进城啊！"玛丽说。

"什么事都有第一次的啊！"妈妈说。

"但为什么呢，妈妈？"劳拉问，"我们为什么要晚上进城呢？"

"为了给你们一个惊喜，"妈妈说，"好了，别再问了。我们都要洗澡，然后穿上最漂亮的衣服。"

那天是星期三。妈妈拿出了澡盆，烧了热水，给玛丽洗澡，然后给劳拉、卡莉也洗了澡。她们从来没有这样仔细地擦啊洗啊，换上干净的内裤和衬裙，又把鞋子擦得锃亮，梳起辫子，绑上了发带。她们心里好奇极了。

晚饭早就准备好了。吃过晚饭，爸爸在卧室里洗了澡。劳拉和玛丽穿上了新裙子。她们知道最好什么也别问，但是还是忍不住心里好奇、窃窃私语。

马车车厢里堆满了干净的干草，爸爸把玛丽和劳拉抱进车厢里，用毯子把她们裹起来，然后爬上车座，坐在妈妈旁边，驾车朝城里驶去。

黑暗的天空中，星星显得渺小，散发着寒冷的光芒。马蹄在路面上踢踏作响，车轮子滚过坚硬的路面发出啪嗒啪嗒的声音。

爸爸听见了别的一个什么声音。"吁！"他叫了一声拉住缰绳。山姆和大卫停下了脚步。四周什么也没有，只有无边的黑暗、刺骨的寒冷和辽远寂静的星星。接着一种愉悦的声音打破了寂静。

两个清晰的音调响了一下，接着不停地回响着。

大家一动不动，只有山姆和大卫嚼着嘴里的食物，发出喘气的声音。那两个音符饱满而嘹亮，柔软而舒缓，仿佛星星在歌唱。

过了一小会儿，妈妈低声嘀咕："我们该走了，查尔斯！"于是马车继续前进。透过马车滚过地面的声音，劳拉还是听得见那悠扬的音调。

"哦，爸爸，那是什么声音？"她问爸爸。爸爸说："那是教堂的钟声，劳拉。"

爸爸就是为了这个声音才舍不得丢掉旧靴子。

城镇仿佛已经入睡了，马车从商店门前驶过时，里面一片漆黑。接着劳拉大叫："哦，快看教堂！多漂亮啊！"

教堂里灯火辉煌，光芒透过窗户洒向外面，大门敞开让人进去时灯光照进了外面的黑暗。劳拉几乎是从毯子里跳出来的，但她很快就想起来马车还没停稳前是不能站起来的。

爸爸把马车驶到教堂的台阶前，抱她们下车，叫她们先进去。但是她们在寒风里等他，直到爸爸为山姆和大卫盖好毯子。然后爸爸来了，他们一起走进教堂。

劳拉惊讶得合不拢嘴，眼睛睁得大大的，紧紧抓住玛丽的手，跟在爸爸和妈妈身后。他们坐下来后，劳拉又目不转睛地看着眼前的一切。

拥挤的长凳前面放着一棵树。劳拉觉得那是一棵树，因为她看得出树干和树枝，可是她以前从来没见过这样的树。

树上原本夏天长叶子的地方，挂满了绿色的细丝带，丝带上系着粉色纱网做成的小袋子。劳拉几乎看得见袋子里装着的糖果。树枝上挂着彩色包装纸包好的小包裹，红色的、粉色的、黄色的，全系着彩色的线。包裹之间还挂着丝绸围巾。红色的手套上系着绳子，戴手套的时候绳子挂在脖子上，这样手套就不会丢了。一双新鞋倒挂在树枝上。树上还挂着白色爆米花组成的大花环。

树底下和树干旁放着各种各样的东西。劳拉看见有一块波

浪状的洗衣板、一个木桶、一个奶桶、一个奶油搅拌器、一个新木板做成的雪橇、一把铲子和一个长柄的干草叉。

劳拉激动得说不出话来。她越来越紧地握住玛丽的手，抬头看着妈妈，急切地想知道那到底是棵什么东西。妈妈微笑着低下头说："那是一棵圣诞树，姑娘们，你们觉得它漂不漂亮？"

她们顾不上回答，只管点点头目不转睛地盯着那棵漂亮的树。她们对于圣诞节的到来似乎并不感到惊讶，她们没有期待圣诞节，因为没下多少雪。就在这时，劳拉看见了一个最漂亮的东西。在一根高高的树枝上，挂着一个小小的毛皮披肩，还有一个暖手筒。

奥尔登牧师也在教堂里。他正在为圣诞节布道，可是劳拉只顾盯着那棵树，没有听见他在讲什么。所有人站起来唱歌，劳拉也站了起来，但是她没有唱，她的嘴巴里连一句歌词也没冒出来，她只顾盯着那棵树，这个世界上没有一家商店里的东西能像这棵树这样漂亮。

唱完歌后，道尔先生和比德尔先生开始把东西从树上拿下来，并念出上面的名字。道尔夫人和比德尔夫人拿着这些东西走到人群前，并把它们分发给念到名字的人。

原来树上挂着的所有东西都是送给大家的圣诞礼物！

劳拉明白了之后，教堂里的灯、人群、说话声，还有圣诞树都开始旋转，而且越转越快，越来越热闹，越来越激动。有人给了劳拉一个粉色纱网小包，里面确实装着糖果，还有一个大爆米花球。玛丽和卡莉也都拿到了一个。每个女孩和男孩都有。然后玛丽拿到了一双蓝色的手套，劳拉拿到了一双红色手套。

妈妈打开送给她的大包裹，里面有一条棕色、红色相间的格子披肩，又大又暖和。爸爸得到了一条羊毛围巾。卡莉得到了一个陶瓷头的碎布娃娃，她开心地尖叫起来。在一片欢声笑语和拆包裹的声音中，道尔先生和比德尔先生继续高声念人名。

小毛皮披肩和暖手筒仍然挂在树上，劳拉非常想得到它们。她一直盯着它们，想要知道谁会成为它们的主人。它们肯定不会是给内莉·奥雷森的，因为她已经有一件毛皮披肩了。

劳拉不再期待收到其他礼物了，但是玛丽从道尔夫人那里得到了一本漂亮的小册子，里面有《圣经》里的图画。

道尔先生从圣诞树上取下了小毛皮披肩和暖手筒，念了一个名字，可是欢笑声太响了，劳拉没听清楚。接着，那件毛皮披肩和暖手筒离开了劳拉的视线，不见了。

接着卡莉又得到了一只褐色斑点的可爱的白色陶瓷狗。可是卡莉手里抱着玩具娃娃，心里也只想着她的玩具娃娃，于是劳拉抱起玩具狗，抚摸着它光滑的脊背，开心地笑了。

"圣诞节快乐，劳拉！"比德尔夫人一边说一边把一个漂亮的小盒子塞到劳拉的手里。盒子是陶瓷做的，雪白发亮。盒子上放着一个金色的小茶壶，旁边的一个金色的茶托里放着一个金色的小茶杯。

掀开盒子盖，里面正好可以放一枚胸针，要是以后劳拉有胸针的话。妈妈说这是一个首饰盒。

她们以前从来没有过这样美好的圣诞节。这个圣诞节如此盛大、精彩，整个教堂洋溢着圣诞节的气氛。教堂里灯火辉煌，人群欢声笑语，到处都是欢乐的气息。劳拉心里满足而高兴，

仿佛整个盛大精彩的圣诞节都装进了她的心里，手套、带金色茶具的漂亮首饰盒、糖果和爆米花球也都装了进去。突然有人对她说："这是给你的，劳拉。"

道尔夫人站在她面前，笑着把那条小毛皮披肩和暖手筒递到她手里。

"给我的？"劳拉说，"真的是给我的？"接着劳拉敞开双臂紧紧地抱住柔软的毛皮披肩，忘记了其他一切。

她抱着毛皮披肩和暖手筒，越抱越紧，像是要让自己彻底相信丝一样软的棕色毛皮披肩和暖手筒的确是属于她的。

周围圣诞节的气息依然热烈，但是劳拉心里只有柔软的毛皮披肩。渐渐地，人们开始陆续回家。卡莉站在长凳上，妈妈替她裹紧外套和风帽，说："谢谢您送给我披肩，奥尔登牧师。我正需要这样的一条披肩。"

爸爸说："谢谢你送我围巾，以后我冬天进城就暖和多了。"

奥尔登牧师在长凳上坐下来后，问："玛丽的外套合身吗？"

这时劳拉才注意到玛丽收到了一件新外套。玛丽已经把那件深蓝色的新外套穿在了身上。外套很长，袖子长到玛丽的手腕，玛丽扣上扣子，外套很合身。

"那么这个小姑娘呢，喜不喜欢她的毛皮披肩？"奥尔登牧师笑着问，把劳拉拉到他的膝盖间。他把毛皮披肩披在劳拉的肩上，又在脖子上系好带子，然后把暖手筒的细线挂到她脖子上，劳拉的手伸进了像丝一样滑的暖手筒里。

"好了！"奥尔登牧师说，"现在我的乡村小姑娘来上主日课就不会被冻坏了！"

"你该说些什么，劳拉?"妈妈问。但是奥尔登牧师说："不用了，她的闪闪发亮的眼睛已经在说话了。"

劳拉说不出话来。金褐色的毛皮簇拥着她的脖子，柔软地揽着她的肩头，而且正好遮住了她外套上磨旧的扣子。暖手筒盖过了她的手腕，正好遮住了短小的外套袖口。

"她像是一只带着红色花边的棕色小鸟。"奥尔登牧师说。

劳拉笑了起来，牧师说得没错。她的头发、外套、裙子和漂亮的毛皮披肩都是棕色的，她的风帽、手套和裙子上的穗带都是红色的。

"我会跟东部教堂里的人说一说这只棕色小鸟，"奥尔登牧师说，"你们瞧，我跟他们说起这里的教堂，他们说一定要送一箱礼物来装饰圣诞树。他们都送出了自己的礼物。送给你毛皮披肩和送给玛丽外套的小姑娘们个子长高了，都要买大一号的衣服了。"

"谢谢你，先生，"劳拉说，"而且请你也跟她们说声谢谢。"劳拉说话的时候举止和玛丽一样优雅。

接着他们一起跟奥尔登牧师道晚安并祝愿他圣诞节快乐。玛丽穿着圣诞外套漂亮极了，抱在爸爸怀里的卡莉也好看极了，爸爸和妈妈开心地笑着，劳拉也满心欢喜。

奥雷森先生和夫人也回家去了。奥雷森先生手里抱满了东西，内莉和威利也一样。这时劳拉心里没有升起邪恶的念头，她只觉得心里暗自窃喜。

"圣诞快乐，内莉。"劳拉说。内莉盯着劳拉看了一会儿，劳拉静悄悄地往前走，手深深地插在柔软的暖手筒里。她的披肩比内莉的漂亮，而且内莉没有暖手筒。

蝗虫走了

圣诞节过后，有几个星期天下雪了，不过爸爸用劈开的柳树条做了一个雪橇，他们依旧裹着新外套、围着毛皮披肩、戴着披肩和围巾去主日学校。

一天早晨，爸爸说外面在刮奇努克风。奇努克风是从西北方刮来的温暖的风。风刮了一天后，吹化了积雪，梅溪又哗哗流淌起来。接着下起了雨，日夜下个不停。梅溪水顿时奔腾怒吼，从堤岸一泻千里。

然后天气变得和煦，溪水也温顺了。突然梅树和柳树开花了，冒出了新芽。草原上长出了绿油油的新草。玛丽、劳拉和卡莉光着脚丫子在柔软清新的草地上奔跑。

天气一天比一天暖和，直到炎热的夏天来临，也到了劳拉和玛丽上学的时候了，但是那年她们没去上学，因为爸爸又出

门去了，妈妈希望她们待在家里。夏天很热，干燥炙热的风刮来，雨也很久没下。

一天，爸爸回来吃饭时说："蝗虫卵正在孵出来，热热的太阳会把它们从壳里孵出来、从地里蹦出来，像爆米花一样。"

劳拉立刻跑出去看。草丘上的草叶上跳动着小小的绿色的东西。劳拉抓了一只放在手里仔细观察起来。它的翅膀、脚还有头都是细细的、小小的，眼睛是草绿色的。它这么小、这么可爱，劳拉不敢相信它长大了就会变成那么大、那么丑的蝗虫。

"很快它们就会长得很大，"爸爸说，"然后吃光所有的东西。"

一天又一天，越来越多的蝗虫从地里孵出来。大大小小的绿色蝗虫遍布各处，到处啃东西吃。风声再响也掩盖不住蝗虫啃咬咀嚼的声音。

它们吃光了菜地里的蔬菜，吃光了马铃薯芽，吃光了草原上的草、柳树叶、绿油油的梅树丛和绿色的小梅子。整个草原又变得光秃秃、灰沉沉的，而它们日渐肥大。

它们长大了，变成了褐色的、丑陋的大蝗虫。大眼睛向外鼓出来，又粗又硬的腿带着它们四处乱跳。地面上全是密密麻麻的蝗虫在跳来跳去。劳拉和玛丽只能待在屋子里。

雨一直没下，天也越来越热，到处都是丑陋的蝗虫的叫声。她们都快受不了了。

"哦，查尔斯！"一天早上妈妈说，"我再也受不了这样的日子了！"

　　妈妈病倒了，脸色苍白、身体纤弱，她虚弱无力地坐在椅子上。爸爸没说话。几天来，他进进出出都绷着脸，不再唱歌也不再吹口哨。他没有回答妈妈，说明现在情况非常糟糕。他走到门口，站着往外看。

　　就连卡莉现在也一动不动。他们感觉到这一天的热浪又要翻涌而来。他们听见了蝗虫的叫声。但是蝗虫发出了另一种声音。劳拉跑出去一看，立刻兴奋了。爸爸也激动无比。

　　"卡罗琳！"他说，"出了件怪事！快来看！"

　　门前地面上的蝗虫正肩并肩脚对脚地移动着，密密麻麻地挤在一起，像是整个地面在移动。没有一只蝗虫独自跳开，也没有一只蝗虫回头张望，它们正飞快地向西移动。

　　妈妈站在爸爸身边看着。玛丽问："哦，爸爸，它们这是要干什么？"爸爸说："我也不知道。"

　　他用手遮在额头上，往西面和东面眺望。"我能看到的地方和这里一样，整个地面都在往西移动。"

　　妈妈小声说："哦，它们能都离开就好了！"

　　他们都站着看着这奇怪的一幕。只有卡莉爬上她的高脚凳，用勺子敲打桌子。

　　"等一下，卡莉。"妈妈说。她继续注视着从身边经过的蝗虫。它们密密麻麻，一只只紧紧相连，中间毫无缝隙。

　　"我要吃早饭！"卡莉大叫，但是没人挪动脚步。最后卡莉几乎哭着叫了起来："妈妈！妈妈！"

　　"来了，马上给你吃早饭。"妈妈说着转身进门。接着妈妈尖叫了起来："我的天哪！"

蝗虫爬在了卡莉身上。它们从东面的窗户里爬进来，肩并肩脚抵脚，爬上窗台，爬下墙壁，越过地板，然后沿着桌子腿、板凳腿和卡莉的高脚凳爬上去。桌子底下、凳子底下，还有卡莉身上，全是往西移动的蝗虫。

"关上窗户！"妈妈说。

劳拉踩着蝗虫跑去关窗。爸爸跑出门看了看屋子四周，然后进门说："最好把楼上的窗也关上，蝗虫正在爬上东边的屋墙，和地面上的一样密密麻麻。它们没有绕过阁楼的窗户，而是直接从窗户里爬进去了！"

整面墙壁、整个屋顶上都响着蝗虫爪子爬动的刺耳声音，好像整个屋子里全是蝗虫。妈妈和劳拉把它们扫起来，从西边的窗户扔出去。西边的窗户里没有爬进蝗虫，虽然西边的墙壁上覆盖了厚厚一层蝗虫，但是它们爬过了屋顶，正要下到地面，和其他蝗虫一起向西去。

一整天，蝗虫都在向西移动，第二天它们还在移动，第三天还是没有停下。

没有一只蝗虫因为什么事情停下脚步。

它们稳稳地翻过房屋，经过牛棚，甚至爬过斑点，爸爸连忙把斑点关进牛棚。它们爬进梅溪淹死了，后面的一批又爬进去淹死了，直到死蝗虫的尸体漂满了小溪，活着的蝗虫踏着死蝗虫继续向前移动。

一整天，太阳火辣辣地照在屋子上；一整天，周围全是蝗虫爬上墙面、爬过屋顶、爬到地上的声音；一整天，窗棂上全是鼓着眼睛的蝗虫脑袋和长长的蝗虫腿；一整天，它们不断地

爬上光滑的玻璃又掉下去，然后成千上万只蝗虫推搡着爬上去又掉下来。

妈妈脸色苍白、精神紧张。爸爸不说话，眼睛也失去了神采。劳拉想甩掉耳朵里的窸窸窣窣的蝗虫爬动的声音，但是怎么也甩不掉。

到了第四天，蝗虫还在往前爬。太阳亮得刺眼，比前几日更加毒辣。

快中午时，爸爸从牛棚回来，喊道："卡罗琳！卡罗琳！快看外面！蝗虫飞起来了！"

劳拉和玛丽冲到门口。到处的蝗虫都张开翅膀，从地上飞起来，越来越多的蝗虫布满了天空，而且越飞越高，直到遮住了阳光，把天空变得黑压压的，就像它们来的时候一样。

劳拉跑到了屋外，抬起头看太阳，一块雪花一样亮晶晶的云遮住了阳光。那是一片黑色的闪闪发亮的云，越往高处越亮。云在上升而不是下降。

云块越过太阳，往西移动，渐渐地不见了。

天空中、地面上没有留下一只蝗虫，除了零零散散的几只瘸脚的、飞不起来的还在向西跳去。

蝗虫过后的平静就像暴风雨之后一样。

妈妈走进屋里，跌坐在摇椅里。"上帝啊！"她说，"上帝啊！"妈妈的话像是在祈祷，但是听起来像是在说"谢谢"。

劳拉和玛丽坐在门前的台阶上。现在她们可以坐在那儿了，因为蝗虫都走了。

"多安静啊！"玛丽说。

　　爸爸靠在门口认真地说："我真希望有人能告诉我，它们是怎么突然知道离开的时候到了，又怎么知道哪个方向是西方，哪里是它们的老家。"

　　但是没人能回答他的问题。

火 轮

七月里，蝗虫飞走之后，日子过得很宁静。下雨后，被蝗虫啃得光秃秃、变得灰黄丑陋的草原又长出了青草。豚草长得飞快，杂草和风滚草像灌木丛一样茂盛。

柳树、三叶杨和梅树长出了新叶，但是树上没有结果子，因为开花的时节已经过去了。也不会有小麦了。但是溪岸低处野草长得茂盛。马铃薯活了下来，捕鱼笼里也抓到了鱼。

爸爸把山姆和大卫套在尼尔森先生的犁具上，犁了一些长满了杂草的麦地。他又在屋子西边开垦出一块防火带，沿着小溪来来回回犁地。在这块地里，爸爸撒上了萝卜种子。

"已经晚了，"他说，"老人们说萝卜应该在七月二十五号播种，不管天气湿润还是干燥。但是我想老人们没有想到会有蝗虫。我们大概会收获很多萝卜的，你和姑娘们会忙坏的，卡罗

琳。我到时帮不上忙了。"

爸爸又去东部庄稼丰收的地方干活了，因为盖房子欠的债还没还完，而且还要买盐、玉米片和糖。他不能留在这里割山姆、大卫和斑点来年冬天吃的干草了。不过尼尔森先生答应帮他割干草并堆成垛，只要分他一份就行了。

一天清早，爸爸就离开家了。他吹着口哨，肩上挎着铺盖卷，渐渐消失在她们的视野中。但是这次他的靴子上没有破洞，他不用担心走远路，说不定哪天他就走回家来了。

早上做完家务、喂完牲口后，劳拉和玛丽开始学习功课。下午妈妈检查她们的作业。然后她们玩耍一会儿，或者做点针线活，直到该去牛群那里把斑点和它的幼崽接回家。接着她们还要做点家务、做晚饭、洗碟子，然后就上床睡觉了。

尼尔森先生把干草垛堆在了牛棚边。干草垛朝阳的一面很暖和，背阳的一面又很凉快。风依然冷得刺骨，早上又有了霜。

一天早晨，劳拉把斑点和幼崽赶到牛群那里，碰上约翰尼遇上麻烦事了。他想要把牛群赶到草原西边，因为那里被霜冻的黄草长得比较高。可是牛群不乐意去那里，不停地回头，往后躲。

劳拉和杰克帮他赶牛。接着太阳升起来了，天空清澈明亮。劳拉正要回屋里，这时她看见西边的天空中飘着一朵低低的云。她皱了皱鼻子，深深地吸了一口气，想起了印第安保留区。

"妈妈！"她大叫。妈妈走出屋子，也抬头看那片云。

"还远着呢，劳拉，"妈妈说，"看样子它是不会很快飘过来的。"

一早上，西风呼啦啦刮个不停。到了中午，风刮得更猛了。妈妈、玛丽和劳拉站在门前的空地上，看着那片乌云越飘越近。

"不知道牛群跑到哪里了。"妈妈担心地说。

后来她们看见乌云底下闪烁着一道亮光。

"如果牛群在小溪那边就很安全，我们不用担心，"妈妈说，"火是没法从防火带蔓延过来的。最好进屋来，姑娘们，该吃饭了。"

妈妈拉着卡莉进屋了，劳拉和玛丽最后看了一眼越滚越近的浓烟。接着玛丽指着浓烟，张大了嘴巴却说不出话来，劳拉尖叫起来："妈妈！妈妈！有一个火轮！"

在红色火舌肆虐的浓烟前，一个火轮飞快地滚动着，把经过的草地全点燃了。一个又一个火轮借着风势朝这边滚过来。第一个火轮正旋转着跨越防火带。

妈妈拎起水桶和拖把朝火轮跑过去。她用潮湿的拖把敲打火苗，把火扑灭在地上，接着又去扑另一个。可是火轮越来越多。

"别过来，劳拉！"妈妈说。

劳拉贴在屋子墙壁上，紧紧握住玛丽的手看着。卡莉在屋子里哭，因为妈妈把她锁在了里面。

火轮一个接一个滚过来，而且越来越快。原来是风滚草，成熟干枯的风滚草会把自己连根拔起，随风滚动，播撒种子。现在风滚草燃烧了起来，可是依然能随着呼啸的狂风不停地滚动，所到之处燃起熊熊的火焰。

浓烟在妈妈周围飞舞，妈妈奔跑着用拖把拍打速度飞快、火势凶猛的火轮。杰克挨在劳拉的脚边浑身颤抖，劳拉被熏得眼泪直流。

尼尔森先生骑着灰色的小马飞奔而来，一到牛棚他就从马背上跳下来。他抓起一根干草叉大喊："快点，去拿湿布头来！"然后他跑去帮妈妈灭火。

劳拉和玛丽拿着麻布袋跑到小溪边，然后带着弄湿的布袋子跑回来。尼尔森先生把一个湿袋子套在干草叉上。妈妈的水桶空了，她们立刻又跑去打水。

火轮朝草丘上滚过来，干燥的草地上立刻火势燎原。妈妈和尼尔森先生用潮湿的拖把和麻布袋与火对抗。

"干草堆！干草堆！"劳拉尖叫。一个火轮滚到了干草堆旁。尼尔森先生和妈妈立刻从浓烟里跑向干草堆。又一个火轮滚过烧焦的地面，朝房屋冲过去。劳拉被吓得不知道该干什么。卡莉还在屋子里，劳拉拼命用湿麻布袋拍打燃烧的火轮。

终于，火轮全被扑灭了。妈妈和尼尔森先生也把干草堆的火灭了。干草和小草的灰烬在空中打着旋飘飞，大火朝防火带蔓延而去。

但是火穿不过防火带，于是飞快向南蔓延，来到了小溪边。它又朝北边蔓延，也被溪水挡住。火势无法继续蔓延，渐渐变弱，最后熄灭了。

浓烟渐渐被风吹散，草原之火终于熄灭了。尼尔森先生说他骑马来时看见了牛群，它们在小溪对岸很安全。

"真的太感谢你了，尼尔森先生！"妈妈说，"你救了我们的家。没有你，我和姑娘们根本灭不了火。"

尼尔森先生走了之后，妈妈说："这个世界上什么也比不上好邻居。进屋吧，姑娘们，洗洗干净，我们该吃饭了。"

写字板上的记号

草原火灾过后，天气变得十分寒冷。妈妈说她们一定要赶在马铃薯和萝卜被冰冻住前把它们拔出来。

妈妈把马铃薯从地里挖出来，玛丽和劳拉把它们拾起装进桶里，搬进地窖。寒风凛冽，她们裹着围巾，但是没戴手套。玛丽的鼻子冻得通红，劳拉也冻得冰凉，她们的手脚冻得麻木了，可是收获了这么多马铃薯，她们心里很高兴。

干完家务后坐在火炉旁烤火，还一边闻着煮马铃薯和煎鱼的香味真是感觉棒极了。她们吃了一顿美味的晚餐后愉快地上床睡觉去了。

一天天气阴沉沉的，她们去拔萝卜。拔萝卜比拔马铃薯难多了，因为萝卜个头大，牢牢地黏在土里。劳拉用尽力气往外拔，常常一屁股跌在地上，萝卜才被拔出来。

　　萝卜头上多汁的绿叶必须用刀切掉。汁液流到她们手上，被风一吹，手就裂开了口子，流出了血。妈妈用猪油和蜂蜡做成油膏，晚上抹在她们手上。

　　不过斑点和它的幼崽喜欢吃多汁的萝卜叶，而且一想起地窖里的萝卜够她们吃一冬天，她们心里就美滋滋的。她们可以吃煮萝卜、萝卜泥、奶油萝卜。冬天傍晚的餐桌上，油灯旁总会放着一盘生萝卜，去掉萝卜皮，切成片，脆香可口，鲜美多汁。

　　一天，她们把最后一根萝卜放进地窖，妈妈说："好了，现在来霜冻也没关系了。"

　　果然，那天晚上地面被冻住了，早上窗外大片大片的雪花簌簌落下。

　　这时玛丽想到了一个计算爸爸回家日子的方法。爸爸的上一封信说还有两个星期脱粒的活就能干完。玛丽拿出写字板，在上面画出一星期七天的记号，然后又在下面画出另一个星期七天的记号。

　　最后一个记号代表爸爸回来的日子。但是她们给妈妈看时，妈妈说："最好再加一个星期，因为还有爸爸走路回家的时间。"

　　于是玛丽又小心地加了七个记号。劳拉不乐意看，因为从现在起到爸爸回家的日子中间隔了那么多记号。不过每天晚上睡觉前，玛丽都会抹掉一个记号，代表一天过去了。

　　每天早晨劳拉会想："又得过上一整天，玛丽才能擦掉另一个记号。"

　　早晨天气寒冷，空气清新。阳光已经把雪晒化了，但是地面依旧冻得硬邦邦的。梅溪水依旧流淌着。冬日的蓝天下，褐色的枯叶在水面上飘荡。

晚上她们坐在点着煤油灯的屋里，挨着火炉烤火，觉得非常舒适。劳拉和卡莉、杰克在光滑、干净的地板上玩耍。妈妈舒服地坐着缝补衣服，玛丽在煤油灯下看书。

"该睡觉了，姑娘们。"妈妈说着取下顶针，然后玛丽抹掉另一个记号，收起写字板。

一天晚上，她抹掉最后一个星期的第一个记号时，大家都看着她，玛丽一边收起写字板一边说："爸爸现在在回家路上了！那些记号就是他走路的时间。"

杰克突然从角落里发出一声愉快的叫声，好像它听懂了玛丽的话。它跑到门口，趴在门上，爪子抓着门，摇动尾巴，汪汪叫了起来。这时，劳拉隐隐约约听见风中传来《当乔尼大踏步回家来》的口哨声。

"爸爸回来了，是爸爸！"劳拉尖叫着打开大门，飞奔进黑漆漆的风中，杰克在她前面蹦蹦跳跳。

"嗨，小丫头！"爸爸说着紧紧抱住她，"还有好杰克！"灯光从门口倾泻出来，玛丽走出来，妈妈和卡莉也跟着出来了。"我的小家伙最近好不好啊？"爸爸说着一把抱起了卡莉，"还有我的大姑娘。"他说着拽了拽玛丽的辫子。"给我一个吻吧，卡罗琳，如果你能隔着这些野孩子凑到我身边。"

接着她们给爸爸做晚饭，没人想要去睡觉。劳拉和玛丽一口气告诉了爸爸所有事情，比如火轮、马铃薯和萝卜，还有斑点的幼崽有多大了，她们的功课学到哪里了。玛丽说："但是，

爸爸，你怎么现在到家了呢，写字板上的记号还没抹掉呢！"

她给爸爸看写字板上的记号，那些记号代表他现在还应该走在回家的路上。

"我明白了！"爸爸说，"但是你没有减掉寄信的时间，而且我一直匆匆赶路，因为他们说北方已经是寒冬了。我们需要进城买什么东西吗，卡罗琳？"

妈妈说她们什么也不需要。她们有足够多的鱼和马铃薯吃，面粉、糖和茶叶都还有剩余。只有盐不多了，还能支撑几天。

"那么进城前我先把木头准备好，"爸爸说，"我讨厌这种呼啸的风声，听他们说明尼苏达州的暴风雪会来得猝不及防。我还听说有些人进城后被困在城里，他们的孩子烧掉了所有的木头家具，可是暴风雪停息后，他们回到家一看，孩子已经冻僵了。"

看　家

　　现在爸爸白天赶着马车沿着梅溪来回，把一车又一车木头堆在门口。他砍下了老梅树、老柳树和三角杨，只留下小树让它们继续生长。他把木头运回家，堆成堆，然后把它们劈成柴火，直到木柴堆成了高高的一大堆。

　　爸爸的腰里系着短柄斧子，手里拿着捕猎器，肩上挎着猎枪，走到了梅溪上游很远的地方，准备在那里设陷阱，捕捉麝鼠、水貂、水獭和狐狸。

　　一天傍晚吃完饭的时候，爸爸说他发现一片草地里有河狸。但是他没有在那里设陷阱，因为河狸只剩下没几只了。他看见了一只狐狸，朝它放了一枪，但是没有打中。

　　"我很久没有打猎了，"他说，"这里是个好地方，但是没有多少猎物，这让我想起更往西的地方——"

"那里没有孩子们上学的学校,查尔斯。"妈妈说。

"你说得对,卡罗琳,你总是对的,"爸爸说,"听听那风声,暴风雪明天就会来了。"

可是第二天和春天一样温和,暖风和煦,阳光明媚。上午过半的时候爸爸走进屋里。

"今天我们早点吃饭,下午去城里逛逛,"他对妈妈说,"这样的好天气,待在家里太可惜了。等冬天真的来了,我们就得一直待在屋子里了。"

"可是孩子们怎么办?"妈妈说,"我们不能带着卡莉走远路。"

"别担心,"爸爸笑着说,"玛丽和劳拉是大姑娘了,就一个下午,她们能把卡莉照顾好的。"

"我们当然能行,妈妈。"玛丽说。劳拉也说:"当然能行!"

她们看着爸爸和妈妈高兴地上路了。妈妈披着那件红棕色的圣诞头巾,戴着那顶褐色的针织风帽,真是漂亮极了。她迈着飞快的步子,抬头愉快地看着爸爸,劳拉觉得她像一只小鸟一样快活。

接着劳拉擦地,玛丽擦桌子。玛丽洗完碟子,劳拉把它们擦干,放进橱柜。然后她们把红色格子布铺在桌子上。接下来她们有一个漫长的下午,可以随心所欲地玩耍了。

她们先是想玩上课的游戏。玛丽说她要扮演老师,因为她比劳拉大,而且她知道的多。劳拉觉得玛丽说得没错,于是玛丽当了老师还玩得很开心,但是劳拉很快就玩腻了。

"有了!"劳拉说,"我们一起来教卡莉认字吧。"

　　她们让卡莉坐在板凳上，把书举在她面前，认真地教起来。可是卡莉不喜欢上课，根本不乐意认字，于是她们只好作罢。

　　"好吧，"劳拉说，"我们来玩看家的游戏吧。"

　　"我们现在不就是在看家嘛，"玛丽说，"还玩看家游戏干什么？"

　　妈妈不在家，屋子里空荡荡、静悄悄的。妈妈总是安安静静、轻手轻脚的，从来不发出大的声响，可是现在整个屋子似乎都想听听她的声音。

　　劳拉一个人跑了出去，可是很快又回来了。下午似乎越变越漫长，她们无事可做，就连杰克也烦躁不安地走来走去。

　　它想要出门，但是劳拉给它开了门，它又不愿意出去了。它一会儿趴下，一会儿爬起来，然后在屋子里转圈。最后它走到劳拉身边，抬头热切地看着她。

　　"怎么啦，杰克？"劳拉问它。它盯着劳拉，可是劳拉不懂它的意思，它几乎要嚎叫起来了。

　　"别这样，杰克！"劳拉飞快喝住它，"你吓到我了！"

　　"是不是屋外有东西？"玛丽问。劳拉跑出门，可是她跑到台阶上，杰克就咬住了她的裙子，把她拉了回去。屋外变得很冷，劳拉立刻关上门。

　　"瞧，"劳拉说，"阳光变暗了，是不是蝗虫又回来了？"

　　"怎么会在冬天回来呢，傻瓜，"玛丽说，"也许是要下雨了。"

　　"你才是傻瓜呢！"劳拉顶嘴，"冬天才不会下雨呢。"

　　"好吧，那就是要下雪！有什么不一样呢！"玛丽生气了，

劳拉也生气了。她们差点吵起来，但是突然阳光消失了。她们立刻跑到卧室窗口往外看。

一块带着羊毛一样白色底边的乌云正从西北方翻滚而来。

玛丽和劳拉跑到前面的窗户往外看。爸爸妈妈现在应该要回来了，可是怎么也看不见他们的踪影。

"也许是暴风雪来了。"玛丽说。

"和爸爸讲的一样。"劳拉说。

昏暗的光线里，她们俩对视了一眼，想起了那些冻僵的孩子。

"木料箱空了。"劳拉说。

玛丽一把抓住她。"你不能出去！"玛丽说，"妈妈说如果暴风雪来临的话，必须待在家里。"劳拉甩开玛丽的手。玛丽说："而且，杰克也不会放你出去的。"

"暴风雪来临前我们必须要把木柴搬进屋，"劳拉说，"快点！"

这时她们听见风中响起一个奇怪的声音，像是来自远方的尖叫声。她们裹上头巾，用大别针别好，然后戴上手套。

劳拉先准备好了。她对杰克说："我们要去把木柴搬进来，杰克。"杰克似乎听懂了她的话，它跟着她跑出去，紧紧跟在她身后。风冷得刺骨。劳拉跑到木柴堆旁，抱起一大堆木柴，跑回去。杰克跟在她后面。她抱着木柴开不了门，玛丽替她开门。

接着她们不知道该干什么。乌云飞快地朝这边飞来，她们必须赶在暴风雪到达前把木柴搬进屋子。可是她们手里都抱着木柴的话，就开不了门。她们也不能让门开着，因为寒气会跑

进屋子里的。

"我帮你们开门。"卡莉说。

"你不会开门。"玛丽说。

"我会开!"卡莉说着伸出双手，转动门把手。她把门打开了! 卡莉已经长大了，会开门了!

劳拉和玛丽飞快地来回跑，把木柴搬进去。她们跑到门前时，卡莉替她们开门，等她们跑出去，又把门关起来。玛丽抱的木柴比劳拉多，但是劳拉跑得比玛丽快。

她们赶在下雪前把木柴箱堆满了。然后突然刮起一阵疾风，跟着就下起了雪。下的是像沙子一样又硬又小的雪粒。它打在劳拉的脸上一阵刺痛。卡莉打开门的时候，雪粒像白云一样旋转着飞进屋。

　　劳拉和玛丽忘了妈妈叮嘱过她们，暴风雪来临时一定要待在家里。她们忘了所有的事情，只知道往屋里搬木柴。她们来回狂奔，每次都抱了满满一摞木柴。

　　她们把木柴堆在木柴箱旁、堆在炉子四周、堆在墙角。木柴堆越堆越高。

　　砰！她们关上门，跑到木柴旁。嗒嗒——嗒嗒，她们把木柴往怀里堆，然后跑到门前。砰！门开了。砰！她们把门带上，噼里啪啦把木柴扔在地上，然后又跑出门，气喘吁吁地冲到木柴堆旁。

　　雪花漫天飞舞，她们几乎看不清木材堆。雪花从木柴缝钻进来，遮挡了她们的视线，她们几乎看不清屋子，杰克变成了一个飞奔的黑点。坚硬的雪粒打在她们脸上，劳拉的胳膊酸了，累得不停地喘气，她一直在想："哦，爸爸在哪里呢？妈妈在哪里呢？"但是有个声音在催促她："快点！快点！"狂风在她耳畔厉声尖叫。

　　屋外的木柴堆被搬完了。最后玛丽捡起剩余的几根，劳拉也拿了零星的几根。她们一起跑到门口，劳拉打开门，杰克跳了进去。卡莉在前面的窗户旁，拍手叫好。劳拉放下木条，一转身，恰好看见爸爸和妈妈在漫天风雪中向家奔来。

　　爸爸拉着妈妈的手拽着她跑。他们冲进屋里，砰地关上门，站着大口喘气，浑身覆盖了雪花。爸爸和妈妈看着裹着头巾戴着手套的劳拉和玛丽，大家都不说话。

　　最后玛丽小声说："我们确实跑进暴风雪里了，妈妈，我们忘了你的话。"

劳拉低下头说："我们不想把家具烧掉，爸爸，也不想被冻僵。"

"啊，都怪我！"爸爸说，"幸亏你们把木柴全搬进来了。那些木柴够我们烧几个星期呢。"

屋子里堆起了一堆高高的木柴堆，融化的雪水从木柴上滴下来，在地上积成了几摊水。木柴堆和门之间出现了一条湿漉漉的小路，上面躺着还没有融化的雪。

接着爸爸哈哈大笑起来，妈妈也温柔地微笑了，玛丽和劳拉顿时感到了温暖。她们知道爸爸妈妈已经原谅了她们的不听话，因为她们当机立断，把木柴搬进了屋，虽然木柴并不是很多。

很快她们就会长大，不再会犯错误，而且凡事都可以自己做决定，也不用再听从爸爸妈妈的吩咐了。

她们急忙帮妈妈摘下头巾和风帽，掸掉上面的雪花，然后挂起来晾干。爸爸趁现在暴风雪势头还没变强前连忙赶到牛棚喂牲口。妈妈坐下休息时，她们按照妈妈的吩咐将木柴堆放整齐，然后扫地、拖地。

屋子又变得整洁舒适。茶壶唱着小曲，明亮的火光从火炉通风口里照射出来。雪粒噼里啪啦拍打窗户。

爸爸走了进来。"我只带回来这么一点儿牛奶，大风把桶里的牛奶吹干了。卡罗琳，这场暴风雪很可怕，四周一片模糊，风像是从各个方向吹来的。我以为自己走在小路上，可是看不见房屋——嗯，我差点就撞在了墙上，我要是再往左走一步，就会连家门也回不了了。"

"查尔斯！"妈妈叫道。

"现在没什么好怕了！"爸爸说，"幸亏我们从城里一路跑回来，赶在暴风雪前——"接着爸爸的眼睛一闪，扯了扯玛丽的头发，拉了拉劳拉的耳朵，说："我也很高兴这些木柴都被搬进了屋。"

草原上的冬天

第二天，暴风雪越发猛烈。窗外什么也看不见了，雪粒密密麻麻地打在窗户上，把玻璃窗变成了白色玻璃。房屋周围狂风怒吼着。

爸爸打开门去牛棚时，大雪被风卷进单坡小屋里，屋子的外墙已经变成了一堵白色的雪墙。他从小屋墙上的钉子上取下一捆绳子。

"恐怕我得靠这根绳子做向导了，"爸爸说，"绳子的一头系在晾衣绳的那头，我想应该可以到牛棚那里了。"

她们一直等着，心里害怕极了，直到爸爸回来。风把桶里的牛奶吹走了，爸爸也冻坏了，在火炉旁烤了好一会才开口说话。他说他摸索着系在单坡小屋上的晾衣绳，向前走到晾衣绳柱子上，然后把绳子系在柱子上，再继续往前一边走一边放

绳子。

除了漫天的飞雪，他什么也看不见。突然他撞到了什么东西，原来是牛棚的墙，于是他把绳子的另一头系在那里。

他喂完牲口后抓着绳子走了回来。

暴风雪刮了一整天，窗户变成了白色，风怒吼着、尖叫着，丝毫不肯停歇。温暖的屋子里却很舒适。劳拉和玛丽在做功课，爸爸拉起了小提琴，妈妈坐在摇椅里织衣服，炉子上正煮着豆子汤。

暴风雪又刮了一整夜，第二天也没停。火炉的通风口火光跳动，爸爸给大家讲故事，拉小提琴曲。

第三天早上，风声飕飕地变小了，太阳也出来了。透过窗户，劳拉看见风裹挟着雪花在地上旋转。整个世界像是梅溪洪水泛滥，到处冒着白色的泡沫，只是那股洪水其实是雪。就连阳光也是清冷的。

"嗯，我看暴风雪快要结束了，"爸爸说，"如果明天能进城的话，我打算储备一些食物。"

第四天，地面上积起了雪。风吹过，只带起了积雪表层和侧面的雪片。爸爸驾车进城，买回来了大袋玉米片、面粉、糖和豆子。这些食物足够他们吃很长一段时间。

"居然要绞尽脑汁才能弄到肉，真是让人觉得奇怪，"爸爸说，"在威斯康星州我们一直有熊肉和鹿肉，在印第安保留区，我们有鹿肉、羚羊肉、野兔肉、火鸡肉、鹅肉，想吃什么肉就有什么肉。可是这里只有一点点棉尾兔肉。"

"我们得提前计划，养些家禽，"妈妈说，"想一想要把家禽养得肥肥壮壮的多容易啊，我们只要种些谷物当饲料。"

"没错！"爸爸说，"明年我们肯定要种上小麦。"

第五天另一场暴风雪又席卷而来。那片低低的黑云又从西北方的天际飞快地翻滚而来，挡住了太阳，遮住了整片天空。狂风又呼啸而来，厉声尖叫，裹挟着雪花漫天飞舞，直到除了一片模糊的白色其他什么也看不见了。

爸爸拉着绳子去了牛棚又回到屋里。妈妈忙着做饭、打扫屋子、缝补衣服，还要帮玛丽和劳拉做功课。玛丽和劳拉洗碟子、铺床、扫地、洗手洗脸、编辫子、看书、陪卡莉和杰克玩，还在写字板上画画，教卡莉念 ABC。

玛丽还在缝她的九格布被子，现在劳拉也开始缝一个"熊掌痕"被子。它比九格布被子难缝，因为上面有斜斜的缝合线，很难弄得平整。每条线都要缝好，妈妈才让她缝下一条。劳拉经常花好几天时间才缝好一条很短的斜线。

他们这样一天到晚都忙忙碌碌的。几天里，暴风雪刮了一场接一场。一场暴风雪刚过，清冷的阳光才出来一天，另一场暴风雪又来了。晴天里，爸爸飞快地干活，劈更多的柴火，去设下捕猎器的地方看一看，从积雪的干草垛上叉干草放进牛棚里。即使晴天不是星期一，妈妈也会洗衣服，然后挂在晾衣绳上让冷风吹干。那一天，她们也不用做功课。劳拉、玛丽和卡莉裹得严严实实，到屋外的阳光底下玩耍。

第二天，另一场暴风雪又来了，但是爸爸和妈妈已经准备好了一切迎接它。

如果恰巧星期天天气晴朗的话，他们可以听到教堂的钟声。

寒冷的空气里传来清澈悠扬的钟声，他们都站在门外仔细聆听。

他们不能去主日学校，因为很有可能在他们还没来得及赶回家前，暴风雪就袭来了。但是每一个星期天，他们自己上主日课。

劳拉和玛丽反复念《圣经》里的诗，妈妈给她们读一则《圣经》里的故事和赞美诗，接着爸爸拉起小提琴伴奏，她们一起唱：

> 当阴霾笼罩整片天空，
> 在大地上投下一片阴影。
> 希望之光点亮我的道路，
> 因为耶稣领我前行。

每个星期天，爸爸拉琴，她们唱：

> 亲爱的安息日学校无比珍贵，
> 胜过最华美的宫殿，
> 我的心因你而喜悦，
> 我亲爱的安息日学校，我的家。

漫长的暴风雪

　　一天晚饭的时候，暴风雪渐渐停息下来。爸爸说："明天我打算进城，去买点烟草，再打听点消息。你需要什么东西吗，卡罗琳？"

　　"不需要，查尔斯，"妈妈说，"你不要去了，暴风雪来得太快了。"

　　"明天不会有事的，"爸爸说，"这场暴风雪刮了三天，就算再来一场暴风雪，砍下的木柴也够用了。我可以抽时间去趟城里了。"

　　"好吧，既然你已经决定了，"妈妈说，"但是，查尔斯，答应我如果暴风雪来的话，你就待在城里。"

　　"在这样的暴风雪里，如果我手里没有抓着安全绳，我是一步也不敢迈的，"爸爸说，"但是你和以前不一样了，卡罗琳，

以前我到处跑你从来不担心。"

"我现在就是很担心，"妈妈说，"就觉得你这个时候进城让我心里不舒坦。我有预感——这么做有点愚蠢。"

爸爸笑着说："那我把木柴堆搬进屋，以防万一我不得不待在城里。"

他把木柴箱装满了，又在箱子周围也堆了高高一堆木柴。妈妈让他再穿一双袜子，免得脚冻坏了。劳拉拿来脱靴器，爸爸脱掉靴子，在原来的袜子上又套上了一双袜子。这双袜子是妈妈用暖和厚实的羊毛刚织完的新袜子。

"我真希望你有一件牛皮大衣，"妈妈说，"你的那件旧大衣已经又旧又薄了。"

"那我还希望你有几颗钻石呢，"爸爸说，"别担心，卡罗琳，春天很快就会来了。"

爸爸微笑着看着她们，穿上旧大衣，扣上皮带，戴上温暖的毡帽。

"外面风冷得刺骨，查尔斯，"妈妈担心地说，"把帽檐拉下来。"

"今天早上就不用了！"爸爸说，"让风刮吧！现在你们几个姑娘要乖乖的，等我回来。"他出去带上门，明亮的眼睛朝劳拉眨动。

劳拉和玛丽洗完碟子、擦干碟子、扫完地、整理好床铺、掸掉灰尘后，就坐下来看书了。可是屋子里既舒适又漂亮，劳拉一直抬起头看着屋里的一切。

黑色烤炉被擦得锃亮，一壶煮豆子正冒着气泡，面包在烤箱里烤着。阳光透过明亮的窗户从粉色花边的窗帘间照进来。桌子上铺着红色格子布。置物架上的座钟旁摆着卡莉那只褐色斑点的白色小狗和劳拉的首饰盒。那个粉白色的小牧羊女正站在棕色的木搁板上微笑着。

妈妈把针线盒拿到窗旁的摇椅边，卡莉坐在妈妈脚旁的凳子上。妈妈一边摇着摇椅一边缝补的时候，听见卡莉在念识字课本里的字母。卡莉念着大写 A，小写 a，大写 B，小写 b，然后她看着书里的图画一边念一边笑。她还小，学习的时候不用保持安静。

座钟敲了十二下，劳拉看着钟摆晃动，黑色的指针在圆形的白色钟面上移动。到了爸爸该回来的时候了。豆子已经煮熟了，面包也烤好了，就等着爸爸回来吃晚饭了。

劳拉的眼神总是游离到窗口。她往外盯了一会儿，发现阳光有些奇怪。

"妈妈！"她叫道，"太阳的颜色真奇怪。"

妈妈从缝补的衣服上抬起眼睛，往窗外一看立刻吃了一惊。她飞快地跑进卧室，从窗口看西北方的天空，然后又飞快地走回来。

"把书本收起来，姑娘们，"她说，"裹好衣服，再搬些木柴进来。要是爸爸现在还没回家，他就要待在城里了。我们就需要更多的木柴了。"

劳拉和玛丽从木柴堆旁看到了乌云正翻滚而来。她们飞快地跑起来，但是只抱了一堆木柴，暴风雪就呼啸着来了，好像它是因为她们只抱了两抱木柴而生气了。漫天的风雪飞舞盘旋，

她们连台阶都看不见了。

妈妈说："这些够了。这场暴风雪不会更猛烈的，说不定爸爸一会儿就回来了。"

玛丽和劳拉摘下头巾，脱下大衣，凑在火炉旁烤冻僵的手指，然后等爸爸回来。

狂风在屋子四周怒声吼叫，雪粒拍打着白茫茫的窗户。座钟细长的黑色指针在钟面上缓慢地移动，短的那根指针指向一点，接着又指向三点。

妈妈盛了三碗热气腾腾的豆子，把一块新鲜出炉的面包切成了片。

"来吧，姑娘们，"她说，"你们先吃午饭。爸爸一定是留在城里了。"

她忘了替自己盛一碗，也忘了吃午饭，直到玛丽提醒她。即使盛好了，她也没吃，她说她不饿。

暴风雪越来越猛烈，屋子在狂风中瑟瑟发抖。地板上冒着冷气，面粉一样的雪花从窗缝和门缝里吹进来，尽管爸爸已经把窗和门钉得牢牢的。

"爸爸肯定是待在城里了，"妈妈说，"他会在城里住一晚，现在我该去喂牲口了。"

她穿上爸爸去牛棚时专门穿的旧的高筒靴子，她的脚比靴子小多了，但是靴子能防雪。她穿上爸爸的工作服，收紧领口，腰里系上皮带，然后戴上风帽和手套。

"我能和你一起去吗，妈妈？"劳拉问。

"不行，"妈妈说，"现在你们听我说，要小心着火，除了玛

丽之外谁也不准碰火炉，不管我离开多久。谁也不许到屋外，
也不准开门，一直等我回来。"

她挽起牛奶桶，顶着飞旋的大雪，走到晾衣绳那儿，抓住
了绳子，然后关上了后门。

劳拉跑到昏暗的窗前，可是看不见妈妈。她什么也看不见，
只看见飞舞的雪花打在窗玻璃上。风尖叫怒吼着，里面又像夹
杂着别的声音。

妈妈会紧紧抓住晾衣绳，一步一步往前走。她会走到柱子

那里，任由漫天的雪花挡住她的视线，拍打她的脸颊。劳拉慢慢地想象妈妈每走一步的情形，现在妈妈一定撞到了牛棚的墙了。

妈妈打开门，被风雪吹进牛棚里。她转身把门关好，插上门闩。牛棚里很暖和，因为牲口身上散发出热量，它们的呼吸让里面热气蒸腾。牛棚的墙壁很厚，把风雪挡在了外面，里面很安静。山姆和大卫扭过头，朝妈妈鸣叫，牛也哞哞叫起来，小牛也跟着叫。小母鸡到处刨食吃，一只老母鸡在咯咯咯地自言自语。

妈妈用干草叉把马厩清理干净，一叉一叉把马粪上的旧干草叉掉，然后叉起牛槽里剩下的干净干草，把它们铺进去。

然后她又从干草堆里叉起干草放进食槽里，直到四个食槽都装满了。山姆、大卫、斑点和它的牛犊大口咀嚼好吃的干草。它们不太口渴，因为爸爸在进城前喂过水了。

妈妈拿起爸爸留在萝卜堆旁的旧刀，切了些萝卜放进食槽里。马和牛咬着香脆的萝卜。妈妈又看了看母鸡的水盆里还有没有水，然后丢了一把玉米粒和一块萝卜给它们啄。

现在妈妈一定是在给斑点挤奶了。

劳拉耐心等着，直到她肯定妈妈现在在把挤奶凳挂起来。然后她小心地关上牛棚门，紧紧抓住绳子，朝屋子走回来。

但是劳拉等了很久妈妈也没回来。她决定再等一等。风把房子吹得摇晃起来，像白糖一样细密的雪粒盖住了窗棂，从窗缝里钻进来，飘到地板上，不肯融化。

劳拉裹着头巾依然浑身颤抖。她一直盯着白茫茫的窗玻璃，听雪粒拍打窗户的沙沙声和风的怒吼声。她想起了爸爸妈妈没回家的那几个孩子，他们烧光了所有家具后被冻僵了。

劳拉再也坐不住了。火炉里的火烧得很旺，但是只有放火炉的那个角落是温暖的。劳拉把摇椅拉到火炉旁，让卡莉坐在摇椅里，捋直她的裙子。卡莉欢快地摇着椅子，劳拉和玛丽继续等妈妈。

终于后门砰地打开了。劳拉飞到妈妈怀里，玛丽接过妈妈手里的奶桶，劳拉解下妈妈的风帽。妈妈又冷又累，气喘吁吁说不出话来。她们帮她脱掉了工作服。

她说的第一句话是："还有剩下的牛奶吗？"

桶底有一丁点儿牛奶，桶壁上还有一些冻住了。

"外面的风太可怕了！"妈妈说。她烤了烤手，然后点亮煤油灯，放在窗台上。

"为什么要把煤油灯放在窗台上，妈妈？"玛丽问。妈妈说："你们不觉得煤油灯光映衬着外面的雪花非常漂亮吗？"

妈妈休息的时候，她们吃了面包和牛奶当晚饭。然后她们坐在火炉边，听屋外的声响。她们听到了风咆哮的声音、房子嘎吱嘎吱的声音和雪粒沙沙的声音。

"这样真无聊！"妈妈说，"我们来玩烧豆子粥的游戏！玛丽，你和劳拉一组，卡莉，你抬起手，我们一定比她们做得快！"

于是她们玩起了烧豆子粥的游戏，手越拍越快，直到笑得念不出押韵词来。然后玛丽和劳拉洗了吃晚饭时用的杯子，妈妈坐在椅子里织毛衣。

卡莉还想玩烧豆子粥，于是玛丽和劳拉轮流陪她玩。每次

玩完，卡莉都大叫："再来一遍！再来一遍！"

暴风雪依旧在咆哮、怒吼，房子在颤抖。劳拉拍着卡莉的小手，念：

> 有人爱喝热的，有人爱喝冷的，
>
> 有人爱从壶里喝，九天——

烟囱管嘎啦嘎啦响。劳拉抬头一看，立刻尖叫起来："妈妈，房子着火了！"

一个火球从烟囱管里滚下来，比妈妈的纺线球还大，它滚过炉子，掉到了地板上。妈妈立刻跳起来，抓起裙子，用脚踩火球。但是火球从她的脚间滚过去，滚到了她刚丢下的编织物上。

妈妈想把火球扫进灰烬盘里，但是火球滚到了编织针前面，不过没有烧到线。另一个火球又从烟囱管里滚出来，接着又滚出来一个。火球纷纷滚过地板滚到编织针前，幸好地板没有着火。

"天哪！"妈妈说。

她们看着滚动的火球，突然火球只剩下两个了，然后一个也没有了。她们都没有看见火球到底跑到哪里去了。

"这是我见过的最奇怪的事情。"妈妈说。她有些害怕。

杰克背上的毛全竖了起来，它走到门口，抬起鼻子嚎叫起来。

玛丽吓得躲在椅子里，妈妈用手捂住耳朵。"求求你了，杰克，别叫了。"妈妈恳求杰克。

劳拉跑到杰克身边想要抱它，但是它不想别人抱，于是它回到角落里，鼻子枕着爪子趴在了地上，毛发竖直，眼睛在黑暗中闪闪发亮。

妈妈抱着卡莉坐在摇椅里，劳拉和玛丽也挤了进去。她们听着凄厉的风声，看着杰克亮晶晶的眼睛，然后妈妈说："你们最好去睡觉，姑娘们。睡着了，天很快就会亮的。"

她亲吻她们说晚安，然后玛丽爬上了楼梯，但是劳拉爬到一半停下了。这时妈妈正在烘热卡莉的睡衣。劳拉低声问妈妈："爸爸是待在了城里，对吗？"

妈妈没有抬头，只是装作快活地说："怎么这么问，当然啦，劳拉。现在他肯定正和芬奇先生坐在火炉边，讲故事、说笑话呢。"

于是劳拉上去睡觉了。她深夜醒来时，看见煤油灯光照进阁楼口。她从床上爬起来，跪在寒冷的地板上，往阁楼下看。

妈妈独自一个人坐在椅子里，头垂得低低的，一动不动，眼睛睁得大大的，看着扣在膝头的手。窗台上煤油灯散发出光芒。

劳拉朝下看了好一会儿，妈妈一直一动不动，油灯也一直亮着。受惊吓的房屋周围，暴风雪依旧怒吼、咆哮着，似乎在呵斥黑暗夜色里尖叫逃跑的什么东西。后来劳拉悄悄地回到床上，冷得直哆嗦。

游戏时光

第二天早上晚些时候，妈妈才叫劳拉起床吃早饭。这时暴风雪愈加凶猛了。毛茸茸的白霜盖住了窗户，牢固结实的房子里糖霜一样的雪也洒满了地板和床铺。楼上异常冰冷，劳拉抓起衣服，跑到楼下火炉旁穿衣服。

玛丽已经穿好了，正在帮卡莉扣纽扣。桌子上已经摆了玉米糊、牛奶、刚烤好的白面包和黄油。白天的光线有些昏暗，窗玻璃上全是浓霜。

妈妈在炉子旁冻得发抖。"嗯，"她说，"我得去喂牲口了。"

于是她穿上爸爸的靴子、工作服，裹上厚厚的头巾，然后告诉玛丽和劳拉这次她离开的时间会长一些，因为必须给马和牛喂水。

妈妈走了之后，玛丽害怕得一动不敢动。但是劳拉受不了

寂静无声。"好了，"她对玛丽说，"我们得干活了。"

于是她们洗了碟子、擦干碟子，掸掉被子上的雪花，铺好床。在火炉旁取了一会儿暖后，她们又擦起了炉子，然后玛丽清理木柴箱，劳拉扫地。

妈妈还没回来，于是劳拉拿起抹布擦窗台、板凳和妈妈坐的柳条摇椅。她又爬上板凳，小心地擦放座钟的置物架和座钟，还有褐斑小狗和她的那个上面有金色茶壶、茶托的首饰盒。但是她没有擦搁板上的那个陶瓷牧羊女，因为那是爸爸送给妈妈的礼物，妈妈不允许别人碰。

劳拉擦灰尘的时候，玛丽给卡莉梳头，在桌子上铺上红色格子布，然后拿出课本和写字板。

终于风呼啸着刮进单坡顶屋子里，身上积满了雪的妈妈回来了。

她的裙子和头巾上全冻得结冰了。她从井里打水给马、斑点和牛犊喝。风刮起水滴打在她身上，寒冷的空气把她湿透的衣服冻住了。她没能给牲口们喂足够的水，但是裹着结冰的头巾，她拎回来了满满的一桶牛奶。

妈妈休息了一会儿，然后说必须要把木柴搬进来。玛丽和劳拉央求妈妈让她们俩去搬，但是妈妈说："不行。你们还小，会被暴风雪刮跑的。你们不知道这场暴风雪有多厉害。我去搬木柴，你们替我开门。"

妈妈把木柴箱里和周围都堆了高高的木柴堆，劳拉和玛丽替她开门。搬完后，妈妈坐下休息，她们把木柴的融雪拖干净。

"你们真是好孩子。"妈妈说。她朝屋子四处一瞧，夸奖她

们在她不在时把家务活干得很漂亮。"好了，"她说，"现在你们可以做功课了。"

劳拉和玛丽坐下来打开课本。劳拉认真地盯着书看，可是她一个字也看不进去。她听着怒吼的暴风雪声，听着风里的呻吟和尖叫声。雪粒敲打着窗户。她逼自己不去想爸爸，可是突然书页上的字一片模糊，一滴泪水滴到书上。

她有点不好意思，就算是卡莉哭鼻子也让人觉得难为情，而她已经八岁了。她瞥了一眼玛丽，确定她没有看见她掉眼泪。玛丽的眼睛紧紧闭着，整张脸都皱了起来，嘴巴抖动着。

"我想我们不做功课了，姑娘们！"妈妈说，"要不我们今天什么也不做，单单玩耍怎么样？想想我们玩什么。躲墙角的小猫咪，怎么样？"

"哦，太好了！"她们回答。

劳拉站在一个墙角，玛丽站在另一个墙角，卡莉站在第三个墙角。屋子里只有三个墙角，因为炉子占了第四个墙角。妈妈站在地板中央叫："可怜的小猫咪，想要躲到墙角里。"

她们立刻跑出各自的墙角，想要躲到另一个墙角里。杰克兴奋极了。妈妈躲到了玛丽的墙角，结果玛丽成了可怜的小猫咪。劳拉被杰克绊倒了，结果她的墙角被占了。卡莉笑着跑错了墙角，不过很快她就学会了。

她们一边跑，一边叫啊笑啊，累得直喘气，终于停下来休息了。妈妈说："把写字板拿来，我给你们讲个故事。"

"为什么讲故事还要拿写字板呢？"劳拉把写字板放在妈妈膝盖上时问。

"你过一会儿就知道了。"妈妈说，然后她讲起了故事：

树林深处有一个池塘，像这样；

池塘里都是鱼，像这样；

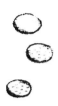

池塘下面住着两个农民，每人都住在一顶小帐篷里，因为他们还没有盖起自己的屋子；

他们经常到池塘里钓鱼，于是踏出了蜿蜒的小路；

离池塘不远的地方，一栋带窗户的小屋子里，住着一个老爷爷和一个老奶奶；

一天老奶奶去池塘打一桶水，她看见鱼飞出了池塘，像这样；

老奶奶飞快地跑回去，告诉老爷爷："所有的鱼都从池塘里飞出来了！"老爷爷从窗户里探出长鼻子往外瞧；

然后他说："哼！这明明是蝌蚪！"

"是只小鸟！"卡莉叫着拍起了手，然后笑得从凳子上滚下来。劳拉和玛丽也笑了，央求妈妈说："再讲一个，妈妈！再讲一个吧！"

"嗯，好吧。"妈妈说，然后她又开始讲，"这是杰克为了两块钱而盖的房子。"

妈妈在写字板的两面都画上了故事的图画，然后让玛丽和

劳拉一边看图画一边念故事，她们想看多久就看多久。然后她问："玛丽，你能把故事讲一遍吗？"

"能！"玛丽回答。

妈妈把写字板擦干净，把它递给玛丽。"那么把它写在写字板上吧，"她说，"劳拉和卡莉，我有新东西让你们玩。"

妈妈把她的顶针给了劳拉，把玛丽的顶针给了卡莉，然后她教她们用顶针在窗户的白霜上压出漂亮的圆圈。她们可以在窗户上画画。

劳拉用顶针画了一棵圣诞树、飞翔的小鸟、烟囱里冒着烟的小木屋，甚至还画了一个男不倒翁和一个女不倒翁。卡莉只画了圆圈。

劳拉把窗户画满了，这时玛丽从写字板上抬起头，屋子里很昏暗。妈妈朝她们微笑。

"我们一直忙着玩，都把晚饭给忘了！"她说，"来吃晚饭吧！"

"你不是要先去喂牲口吗？"劳拉问。

"今晚不用了，"妈妈说，"今天早上喂得晚，足够它们吃到明天早上。也许到时暴风雪不会这么猛烈了。"

这时劳拉突然觉得很难过，玛丽也是。卡莉呜咽着说："我要爸爸！"

"安静点，卡莉！"妈妈说，然后卡莉就安静下来了。

"我们不用担心爸爸。"妈妈坚定地说。她点亮了煤油灯，但是没有把它放在窗台上。"现在过来吃晚饭吧，"她又说，"然后我们都上床睡觉去。"

暴风雪的第三天

　　一整个晚上，房屋都在风中摇晃颤动。第二天，暴风雪更加猛烈，呼啦啦的风声令人毛骨悚然，雪粒、冰晶噼里啪啦地拍打窗户。

　　妈妈准备好要去牛棚了。"吃早饭吧，姑娘们，看好火炉。"妈妈叮嘱她们，然后走进了暴风雪中。

　　过了很久她才回来，然后另一天开始了。

　　这是漫长而昏暗的一天。她们挤在火炉边，寒冷的空气压在后背上。卡莉显得烦躁不安，妈妈的脸上挂着疲惫的笑容。劳拉和玛丽认真地学习功课，但是并没有全部弄明白。座钟的指针移动得十分缓慢，好像根本就不在走似的。

　　终于昏暗的日光消失了，又一个夜晚降临。煤油灯光照在木板墙上和冻着白霜的窗户上。如果爸爸在的话，他一定会拉

小提琴，她们就会觉得舒适而开心。

"起来，起来，"妈妈说，"我们不能就这样坐着不动。你们乐意玩翻线游戏吗？"

杰克晚饭也没吃，躲在角落里哀声叹气。玛丽和劳拉互相看了一眼，然后劳拉说："不了，谢谢妈妈，我们想去睡觉了。"

劳拉的背紧紧地抵着玛丽的背，蜷缩在冰冷的床上。暴风雪把房子吹得摇来晃去，嘎吱作响，还不停地颤抖。凶猛的雪花像鞭子一样抽打屋顶。劳拉把头缩进被子里，但是暴风雪的声音比狼的嚎叫声还要可怕，冰冷的泪水从她的脸颊上淌下来。

暴风雪的第四天

早晨来临，风不再厉声尖叫，而是哀戚戚地鸣叫，房子也不再晃动了，但是炉子里跳动的火苗却散发不出多少暖意。

"更冷了，"妈妈说，"没法好好干家务了，快裹上头巾，和卡莉去炉子那儿烤火。"

妈妈从牛棚回来后没多久，东边窗户上的白霜发出淡淡的黄色光芒。劳拉立刻跑到窗边哈气，把冰霜扒掉，然后窗户上出现了一个小孔。她从小孔往外一瞧，发现太阳出来了。

妈妈也朝外看，然后玛丽和劳拉轮流看着外面的雪像波浪一样覆盖着大地。天空像一大块冰一样亮晶晶的，雪花快速地飞舞着，空气看起来异常寒冷。从小孔里透进来的阳光让人感觉不到一点温暖。

劳拉从小孔里瞥见了一个黑乎乎的东西，像是一只毛茸茸

的野兽在飞舞的雪花中深一脚浅一脚地向前跋涉。大概是一只熊，劳拉想。野兽摇摇晃晃地走到墙角，然后把屋子前面的窗户挡住了。

"妈妈！"劳拉尖叫。这时，门开了，这只毛茸茸、浑身是雪的动物走了进来。一双爸爸的眼睛朝她们看，爸爸的声音响起来："我不在的时候你们乖不乖啊？"

妈妈立刻跑到爸爸身边，劳拉、玛丽和卡莉激动得又哭又笑。妈妈帮爸爸脱下大衣，衣服上的雪花簌簌地落在地板上，爸爸把大衣也丢在了地上。"查尔斯！你都快冻僵了！"妈妈说。

"就差一点点了，"爸爸说，"我现在饿得像头狼一样，让我坐在火炉旁烤烤火，卡罗琳，快给我点吃的。"爸爸的脸消瘦了，眼睛显得大大的。他坐在火炉旁，浑身发抖，他说他只是觉得冷，还没有被冻僵。妈妈立刻热了些豆子肉汤给他喝。

"好多了，"爸爸说，"现在觉得暖和多了。"

妈妈替他脱下靴子，他把脚伸到炉口取暖。"查尔斯，"妈妈问，"你是不是——"妈妈站在那里笑，嘴唇颤抖。

"好了，卡罗琳，别为我担心，"爸爸说，"我一定会回来照顾你和姑娘们的。"他把卡莉抱到膝头，然后一只手搂住劳拉，另一只手搂住玛丽。"你都想了些什么呢，玛丽？"

"我想你一定会回来的。"玛丽回答。

"我的乖女儿！你呢，劳拉？"

"我想你没和芬奇先生在一起讲故事，"劳拉说，"我——我一直在祈祷。"

"你瞧，卡罗琳！一个男人怎么能不回家呢？"爸爸对妈妈说，"再给我点肉汤，我过一会儿把我的遭遇讲给你们听。"

她们看着爸爸坐在椅子里休息，看着他吃豆子汤和面包，看着他喝完一杯热茶。他的头发和胡须因为里面的雪融化了，变得湿漉漉的。妈妈用毛巾把它们擦干。爸爸握住妈妈的手，把她拉到身边，问："卡罗琳，你知道这种天气意味着什么吗？它意味着明年我们的小麦会大丰收。"

"是吗，查尔斯？"妈妈问。

"明年夏天不会再有蝗虫了。城里的人说只有夏天又热又干、冬天温和的时节才会有蝗虫。今年冬天下了大雪，来年的庄稼就会丰收。"

"太好了，查尔斯！"妈妈平静地说。

"嗯，商店里的人都在谈论这些，但是我知道我必须赶路回家了。我刚要走的时候，芬奇给我看了这件大衣。他说从一个前往东部的人手里便宜买来的，他搭上了最后一班火车，但是没钱买票，就把他的大衣卖掉了。芬奇说我只要花十美元就能买下大衣。十美元是笔大数目，但是——"

"我很高兴你买下了大衣，查尔斯。"妈妈说。

"幸亏我买下了大衣，虽然我当时并不知道。进城的路上，风好像吹进了我的骨头里，冷得能把铜猴的鼻子冻掉。我的旧外套根本抵挡不了那样寒冷的风。所以芬奇说等我把春天捕到的动物皮毛卖掉再付账时，我就把皮外套披在了旧大衣上。

"我刚走上草原，就看见西北方的那块云，但是当时它看起来很小很遥远，我就想可以来得及赶回家。于是我跑了起来，还没跑到一半，暴风雪就来了，连放在眼前的两只手都看不清。

"要是暴风雪不是从四面八方同时刮过来的话，那还不要紧。我搞不懂这样的风是怎么刮的。风从西北方刮来时，只要径直往北走，风吹着左脸，就不会有事，但是在漫天的暴风雪里，什么也做不了。

"于是我一个劲地往前走，尽管我看不见也辨不清方向。我告诉自己一定要继续往前走，直到后来我知道自己迷路了。我走了大概两英里路，但是还没有到小溪边，我也不知道该怎么走。唯一能做的就是继续走下去，走到暴风雪停息。如果我停下脚步，就会被冻死。

"于是我让自己走得比暴风雪还快，我不停地走啊走啊。我什么也看不见，简直成了一个盲人。除了风声，我什么也听不见。在一片白茫茫的天地中，我只能不停地向前走。我不知道你们听见没，暴风雪里有嚎叫的声音和尖叫的声音？"

"是的，爸爸，我听见了！"劳拉说。

"我也听见了。"玛丽说。妈妈也点了点头。

"还有火球。"劳拉说。

"火球？"爸爸问。

"那个过会儿再说，劳拉，"妈妈说，"继续说，查尔斯。后来怎么样？"

"我就继续走，"爸爸回答，"一直走到白茫茫的一片变成了灰色，然后又变成了黑色。我知道是夜晚来临了。我算了一下自己已经走了四个小时了，但是这种暴风雪会持续三天三夜。不过我继续向前走。"

爸爸停了下来，妈妈说："我在窗台上放了一盏煤油灯，想为你指路。"

"我没看见，"爸爸说，"我一直睁大了眼睛想要看清楚东西，但是能看见的只有一片漆黑。然后突然，前面没有路了，我径直掉了下去，一定有十英尺深，或许更深。

"我根本不知道发生了什么，也不知道我在哪里。但是我离开了狂风，暴风雪在我的头顶厉声尖叫，但是我所在的地方却很平静。我往四周摸了一下，三面是和我一般高的雪堆成的墙，另外一面是一堵光秃秃的泥墙，底部向内倾斜形成了一个洞穴。

"很快我就弄明白，我是掉进了草原上的某个沟渠里了。然后我爬到泥墙根边，背后和头顶抵着坚实的泥土，像一只熊一样舒适地待在洞穴里。那里没有风，而且我穿着御寒的皮大衣，所以我相信躲在那里我是不会被冻坏的。于是我蜷缩在洞里睡着了，因为实在太累了。

"哎哟！我真是庆幸自己买了那件皮大衣，还戴了有耳罩的暖和帽子，还多穿了一双厚袜子，卡罗琳。

"我醒来的时候，暴风雪还在咆哮，但是气势减弱了。我的前面积了厚厚一层雪，表面覆盖着冰，是我呼吸时把雪融化结成了冰。暴风雪把我掉下去时的洞口堵住了。我的上面大概覆盖了六英尺厚的雪，但是洞里的空气还好。我动了动胳膊、腿脚、手指头和脚趾头，又摸了摸鼻子和耳朵，确认自己没有被冻僵。我还听得见暴风雪的声音，于是我又睡了一觉。

"暴风雪刮了多久，卡罗琳？"

"三天三夜，"妈妈说，"今天是第四天。"

然后爸爸问玛丽和劳拉："你们知道今天是什么日子？"

"是星期天吗?"玛丽猜。

"今天是圣诞节前夕。"妈妈说。

劳拉和玛丽把圣诞节给全忘了。劳拉问:"你在洞里时都在睡觉吗,爸爸?"

"没有,"爸爸说,"我睡了一会儿,然后被饿醒了,又继续睡一会儿,又饿得不行。我带了一些牡蛎饼干准备圣诞节时吃。它们装在皮大衣的口袋里。我就从口袋里抓了一把饼干吃,然后又抓了一把雪解渴。吃完之后我能做的就是躺在那里,等待暴风雪停歇。

"我跟你讲，卡罗琳，我费了好大劲才说服自己待在洞里，因为我一直在想你和姑娘们，我知道你会冒着暴风雪去喂牲口。但是我知道只有等暴风雪停了我才能回家。

"于是我又等了很长时间，直到又饿得受不了，然后我把剩余的牡蛎饼干也吃了。这些饼干还没有我的大拇指大，一块饼干还不够塞牙缝的，半磅饼干也不能把肚子填饱。

"然后我就继续等着，睡一会儿，醒来觉得又到晚上了。每次我醒过来，都会仔细地听，听得见暴风雪微弱的声音。从那个声音我听得出我头顶上的雪越积越厚了，但是洞里仍然不觉得闷。我身体暖和，倒是不至于冻僵。

"我尽可能睡觉，但是不断地饿醒。最后我实在太饿了，根本没法睡着。姑娘们，我本来下定决心绝不这么做的，但是过了一会儿，我实在忍不住了。我从旧大衣的口袋里掏出了纸袋子，把给你们买的圣诞糖果全吃光了。真是对不起！"

劳拉从一侧抱住他，玛丽从另一侧抱住他。她们紧紧地抱着他，劳拉说："哦，爸爸，我真高兴你吃了糖果！"

"我也是，爸爸！我也是！"玛丽说。她们真的是发自内心感到了高兴。

"嗯，"爸爸说，"明年我们的小麦会大丰收，你们不用等到圣诞节就有糖果吃了。"

"糖果好吃吗，爸爸？"劳拉问，"吃了糖果之后你觉得好点吗？"

"非常好吃，我也觉得好多了，"爸爸说，"然后我倒头就睡觉了，昨天白天和晚上的大部分时间我都在睡觉。后来我突然

醒过来并站了起来。我什么声音也听不见了。

"我就纳闷，是不是我被雪埋得太深了，所以听不见暴风雪的声音，又或者暴风雪停了？我竖起耳朵仔细听，周围一片寂静。

"姑娘们，然后我开始像獾一样刨雪，很快就把那个洞挖出了一个孔，然后就从雪墙顶上爬了出来。你们猜我到了哪里？

"我居然就在梅溪岸边，就在我们放捕鱼笼的那个地方，劳拉。"

"怎么可能，我从窗户里就能看见那个地方。"劳拉说。

"是啊，从那儿我看见了我们的房子。"爸爸说。原来在那段漫长而可怕的日子里，他一直离她们很近。窗台上的煤油灯光没法照射进暴风雪中，不然他一定看得见。

"我的腿又硬又麻，简直没法站起来，"爸爸说，"但是我看见了我们的房子，我就飞快地往家走。现在我回来了！"他说完紧紧地拥抱劳拉和玛丽。

接着他走到那件牛皮大衣旁，从一个口袋里掏出一个亮晶晶方形扁平的罐子。他说："你们猜我给你们带什么圣诞大餐了？"

她们猜不出来。

"牡蛎！"爸爸说，"新鲜、美味的牡蛎！我买的时候它们冻得硬邦邦的，现在还冻着呢。最好把它们放在单坡顶小屋里，卡罗琳，那样明天早上就还是冻着的。"

劳拉摸了摸罐子，它和冰一样冷。

"我吃光了牡蛎饼干，也吃光了圣诞糖果，不过谢天谢地，"爸爸说，"我把牡蛎带回家了！"

圣诞前夕

那天傍晚，爸爸早早地去喂了牲口，杰克紧紧跟在他脚后，不想让爸爸离开它的视线。

他们回来时冷得发抖，浑身是雪。爸爸跺掉脚上的雪，把旧外套和帽子挂在单坡顶小屋的钉子上。"风又开始刮了，"他说，"明早前又会刮一场暴风雪。"

"只要你在家，查尔斯，我就不怕暴风雪有多大。"妈妈说。

杰克心满意足地趴在地上，爸爸坐在火炉边烤火。

"劳拉，"爸爸说，"如果你能把小提琴盒递给我，我就为你拉一首曲子。"

于是劳拉为爸爸拿来了琴盒。爸爸调准音，给琴弓涂了点松香油，然后妈妈做晚饭时，屋子里缭绕着美妙的乐声。

哦，查理是个英俊的小伙子，

哦，查理是个花花公子，

查理喜欢亲吻女孩子，

轻轻松松就能把她们搞定！

我不要你生虫的小麦，

我也不要你的燕麦，

我只要上好的面粉，

我要给查理烤一个蛋糕！

爸爸欢快的歌声和小提琴欢快的曲调一起飞舞。卡莉高兴地拍起了手，劳拉也跟着调子跺脚。

然后小提琴变了调子，爸爸开始唱甜美的《百合溪谷》。

宁静的夜晚，

柔和的月光，

洒在山丘和河谷……

爸爸瞥了一眼正在炉子旁忙碌的妈妈，劳拉和玛丽坐在那里认真听爸爸唱歌，琴声随着爸爸的歌声欢快地起伏。

玛丽把盘子端上来，

端上来，端上来，

玛丽把盘子端上来，

我们等着喝热茶!

玛丽跑去从橱柜里拿盘子和杯子的时候,劳拉急忙问:"我该做什么呢,爸爸?"小提琴和爸爸一起唱着,刚才拔高的调子又低下来。

> 劳拉把盘子收下去,
> 收下去,收下去,
> 劳拉把桌子擦干净,
> 我们躲到一旁去!

于是劳拉明白了,玛丽负责摆桌子吃晚饭,她负责饭后收拾碗筷。

屋外的风声越来越尖厉,越来越响亮。雪粒猛烈地拍打着窗户。但是温暖明亮的屋子里爸爸的小提琴唱着歌。玛丽摆餐具时盘子发出叮当的响声。卡莉坐在摇椅里来回摇动,妈妈轻柔地来回于桌子和炉子间。她在餐桌中央摆上了一个牛奶盘,里面放满了金黄色的烤豆子,接着她又从烤箱里端出一个装满了金黄色玉米面包的方形烤盘。烤豆子和玉米面包浓郁香甜的味道一起弥漫在空气中。

爸爸伴着小提琴的曲调又唱了起来:

> 我是水上骑兵队的博爱队长,
> 我喂马儿吃玉米和豆子,

虽然我为此勒紧裤腰带，

但是谁叫我是水上骑兵队的博爱队长呢！

我可是统领全军的队长！

劳拉拍了拍杰克毛茸茸光滑的前额，又替它挠了挠耳朵，然后两只手飞快地捧起它的脸蛋。一切变得那么美好。蝗虫飞走了，明年爸爸就能收获小麦了。明天就是圣诞节，有炖牡蛎当晚餐。虽然没有礼物也没有糖果，但是劳拉想不出她还要什么。她真高兴，因为圣诞糖果帮爸爸安全地回到了家。

"晚饭好了。"妈妈轻柔地说。

爸爸把小提琴放进琴盒里，然后站起来看着她们。他的蓝眼睛炯炯有神。

"看啊，卡罗琳，"他说，"劳拉的眼睛闪闪发亮。"